CRISTINA BRAMBILLA

LA CHIAVE DELL' ALCHIMISTA

I SETTE DEMONI DI VENEZIA

MONDADORI

*Al mio barracuda,
alla mia Valchiria,
alla mia gioia.*

Illustrazioni interne di Mauro Marchesi

www.ragazzi.mondadori.it

© 2009 Arnoldo Mondadori Editore S.p.A, Milano
Prima edizione ottobre 2009
Stampato presso Mondadori Printing S.p.A.
Stabilimento N.S.M., Cles (TN)
Printed in Italy
ISBN 978-88-04-59030-9

Parte Prima

Nel minuscolo appartamento l'aria era soffocante. Dalla finestra aperta, l'ultimo raggio di sole brillò sulla superficie del canale attirando l'attenzione della ragazza. Le mancava il respiro, le girava la testa e aveva anche un inizio di nausea. Con la mano sudata, si scostò una ciocca di capelli dalla fronte. Per quanto si sforzasse, anche se avesse vissuto a Venezia un milione di estati, mai si sarebbe abituata a quel clima torrido e afoso. I suoi compagni di classe, quelli con i quali si era rifiutata di fare amicizia, in quel momento probabilmente stavano aspettando a Sant'Erasmo l'ultimo traghetto che li avrebbe riportati in città. Di sicuro avevano fatto il bagno e mangiato in spiaggia la frutta che proveniva dagli orti. La ragazza sbuffò, cercando di scacciare quel fastidioso sentimento di rabbia mista a invidia. Tanto non si sarebbe divertita, pensò, anzi si sarebbe scottata poiché era bionda e con la carnagione chiarissima. Non era mai stata così pallida, però. Mai in vita sua. Questo perché trascorreva le giornate chiusa in quell'appartamento, a studiare. Tutti i mesi, tutti i giorni, tutti i pomeriggi. Con l'unica compagnia del vecchio.

La ragazza chiuse il libro. Era stanca di leggere e ci mise un po' troppo slancio: le pagine di pergamena finemente decorata scricchiolarono. Strinse gli occhi fino a farli diventare due fessure verdi, preparandosi al rimprovero del vecchio, che amava i suoi libri antichi più di ogni cosa. Poi, siccome il rimprovero non arrivò, la ragazza iniziò a recitare: — Oh, meraviglia! Un giardino tra le fiamme...

Il vecchio si limitò a sollevare una mano dal bracciolo della poltrona. *Vai avanti*, diceva quel gesto. La ragazza glielo aveva visto fare un'eternità di volte. Tutte le volte, a essere precisi.

— Il mio cuore accoglie ogni *corna* — proseguì lei.

Il vecchio si alzò di scatto, ma senza l'agilità di un tempo. — Corna? Come puoi essere così insulsa! — protestò agitando il pugno. — Il mio cuore accoglie ogni *forma*. Forma, Lucilla, forma!

La ragazza sorrise. L'unico divertimento nelle sue giornate era esasperare il vecchio. Il gioco era escogitare ogni volta un nuovo scherzo. Una formula recitata al contrario, un verso storpiato, una lettera sbagliata. E lui ci cascava sempre. Diventava cianotico e agitava il pugno, sbraitando che non voleva ritrovarsi un demone in soggiorno soltanto perché lei era stupida, stupida, stupida. Nelle ultime settimane, però, la cosa era diventata meno spassosa perché la ragazza si era accorta che il pugno del vecchio tremava. E non poteva essere colpa del clima, perché faceva un caldo da sciogliere il piombo.

— Ok, ok — ridacchiò la ragazza. Stava per continuare a recitare, quando il vecchio alzò di nuovo la mano, questa volta per interromperla.

— Chiudi le finestre e tira le tende.

Lei, che stava ancora sorridendo, di colpo cambiò espressione. — Chiudere? Ma...

— Accendi le candele e sposta il tappeto, per disegnare il cerchio. Usa il gessetto, che i pastelli a olio non vengono più via.

La ragazza spalancò la bocca, ma l'aria non entrò nei polmoni. Faceva così caldo e un condizionatore non se lo potevano permettere e il ventilatore faceva volare i fogli dappertutto e chiudere le finestre voleva dire precludersi l'unica possibilità di ricevere un soffio di brezza dalla laguna. Era quasi sera, magari avrebbe rinfrescato. Chiudere le finestre era come sigillarsi in un sarcofago.

Il vecchio si girò. Adesso era lui a sfoggiare un'aria divertita. — Ho capito che i versi dei mistici andalusi ti annoiano. Così ho pensato che ti saresti interessata ad alcune evocazioni. Ma non vogliamo che qualche curioso ficchi il naso nelle nostre esercitazioni, giusto?

La ragazza abbassò lo sguardo. Sotto il tavolo strinse il pugno così forte che le unghie le si conficcarono nel palmo, dove lasciarono delle mezzelune rosa.

Quella era un'altra cosa che non sarebbe mai cambiata, anche se lei e il vecchio avessero vissuto fianco a fianco un secolo. Lo odiava dal profondo del cuore, e se fosse esistito un luogo dell'anima ancora più profondo e segreto, l'odio che provava sarebbe sgorgato anche da lì con la costanza e la determinazione di un fiume carsico. Avrebbe corroso ogni sentimento di pietà e affetto come l'acqua corrode la pietra.

— Allora?

— Signor Wehwalt, lei vuole farmi evocare un demone?

— No, signorina Moneta. Mai e per nessun motivo. Però può essere utile capire se un uomo che si crede perbene in realtà appartenga a una setta. Mai, e per nessun motivo, ti permetterei di praticare un'evocazione di alcun tipo, ma puoi esercitarti a disegnare il cerchio e accendere tutte le candele nella giusta sequenza. Puoi provare a tracciare le lettere sul pavimento e io posso controllare che tutto sia fatto senza errori. Usare la magia e sbagliare anche solo un passaggio può provocare molti danni, come credo tu sappia già.

Il riferimento alla scomparsa del primo assistente del vecchio, e primo amore della ragazza, le fece venir voglia di urlare. Tutti i giorni il vecchio trovava il modo di ricordarle che era colpa sua se Dimitri era morto in modo raccapricciante nel cimitero di San Michele, risucchiato nella terra dai morti viventi risvegliati da lei, Lucilla Moneta. Era la sua punizione.

La punizione del vecchio, invece, era avere Lucilla come nuova assistente.

In silenzio, la ragazza si alzò e fece ciò che le era stato chiesto. Chiuse le finestre e accostò le tende. Tracciò il cerchio a terra e all'interno disegnò una stella a cinque punte. Scrisse le lettere che corrispondevano al nome del demone che aveva scelto. Grosse gocce di sudore le scivolavano dalla fronte e dal collo piombando sul cerchio, sollevando minuscole nuvole di polvere colorata. Tutte le volte Lucilla doveva asciugare e ricominciare daccapo. Alla fine, quando finalmente riuscì a fare un cerchio decente, si alzò in piedi e disse: — A questo punto pronuncio la formula di evocazione e aspetto che il demone prescelto si presenti.

Il vecchio non batté ciglio.

Fu allora che Lucilla si rese conto di non aver acceso le candele. Tutto da rifare! Nessun demone si sarebbe presentato a un'evocazione senza candele. Probabilmente ne avrebbe anche sbagliato il colore, perché ogni demone ha il suo preferito. Dimitri non avrebbe sbagliato. Dimitri era migliore di lei.

Leo Wehwalt non commentò. Poi, a fatica, tornò a sedersi in poltrona. — Dove sono le mie scarpe? — chiese, mentre Lucilla calpestava rabbiosamente il disegno.

— Perché?

— Voglio uscire, e tu devi accompagnarmi.

Come tutte le sere, Lucilla raccolse un paio di sandali logori e li tenne con la punta delle dita mentre il vecchio allungava la mano per prenderli; stava molto attenta a non incappare, nella manovra, in alcun contatto fisico. Dal polsino della camicia spuntò sulla pelle avvizzita del vecchio l'ultima cifra di un numero tatuato in blu. Gliel'avevano fatto ad Auschwitz, eppure la ragazza non provò compassione. Lui si affrettò a coprire il braccio, poi si alzò e, prima di avviarsi alla porta d'ingresso, mandò un bacio alla foto posata sulla caminiera. Ritraeva una ragazza identica a lui, solo molto più giovane. Si chiamava Ruth e Lucilla le aveva voluto bene, anche se non l'aveva mai conosciuta.

Il vecchio notò che lo sguardo della ragazza indugiava su un cavallino di vetro soffiato. Uno in particolare fra le migliaia che affollavano ogni ripiano, mensola e superficie. La ragazza fissava quello blu posato accanto alla foto.

— Non pensarci nemmeno — sussurrò il vecchio.
— Non sei pronta.
Detto ciò, afferrò la maniglia e si affrettò fuori senza aspettarla.

La luce era bellissima a quell'ora. Sebbene fosse inferocita alla sola idea di camminare accanto al vecchio, Lucilla non poteva impedirsi di apprezzare quello splendido tramonto. L'acqua dei canali aveva trattenuto un riflesso dorato e le nuvole erano color albicocca. Nelle scarpe da ginnastica i piedi le bollivano, ma quella era la divisa di Lucilla, estate e inverno. Jeans, scarpe di tela, maglietta. Con il freddo si aggiungevano strati di tessuto, ma la sostanza non cambiava.

Una donna che camminava in direzione opposta alla loro si affrettò a schivarli, scostando un lembo della gonna per evitare che la vaporosa stoffa a fiori toccasse i pantaloni di Lucilla.

"Ok, è ora di cambiarli" pensò la ragazza. Forse doveva anche lavarsi i capelli. Non ricordava più quando avesse fatto l'ultima doccia. Due giorni prima? Tre?

— Sediamoci lì — disse Leo indicando una panchina. Avevano attraversato il ghetto e lei non se n'era neanche accorta.

— Non possiamo bere qualcosa di fresco? — obiettò Lucilla.

Per tutta risposta, il vecchio si accomodò. —

Adesso stai zitta per dieci minuti, e poi dimmi cosa vedi.

Dalla loro posizione potevano osservare un'ampia porzione di canale, proprio di fronte alla fermata del vaporetto, e una buona parte di piazza. Lucilla conosceva lo scenario a memoria. Cosa c'era da vedere? Diverse chiatte parcheggiate accanto ad altrettante gondole. Un paio di taxi. Poi gente indaffarata, cani e relativi padroni a spasso, facchini che trasportavano scatoloni.

— Niente di speciale — rispose Lucilla.

— Oh, capisco.

La ragazza conosceva bene anche quel tono di sufficienza. Seccata, replicò: — C'è qualcuno che trasloca. C'è qualcosa di speciale in questo?

Il vecchio si limitò a sollevare un sopracciglio dicendo: — Be', almeno dimostri un minimo di spirito di osservazione. Ora rifletti: un trasferimento sarebbe anche normale, ma tre? Hai contato quante chiatte da trasloco ci sono nel canale?

Lucilla strinse i denti e sibilò: — Tre.

— E adesso viene il bello. Guarda la tizia con il furetto sulla spalla, quella che sta sussurrando un indirizzo ai traslocatori. È una fattucchiera slava — mormorò il vecchio. — Per il fisco è una chiromante, e anche piuttosto brava. La figlia del prefetto ci va tutte le settimane. Il tipo laggiù, quello che sembra un ragioniere e, di fatto, lavora in banca, è un cabalista di fama. Sta caricando personalmente un pacco sulla chiatta; di sicuro sono i suoi libri. Vedi? Li ha avvolti in così tanti strati di cellophane che potrebbero galleggiare fino a Istanbul. — Leo sospirò, quasi che parlare gli costasse fatica.

— Fa caldo, rientriamo — propose Lucilla, subito pentendosi di quella premura. Il vecchio poteva pure morire bollito, per quel che le importava.

Lui le afferrò il polso piantando gli occhi azzurri nei suoi. — Il terzo, quel tizio sulla destra, magro e pelato come una lucertola, è l'antiquario di calle Diedo. Di giorno vende vecchiume e di notte traffica con la robaccia che si usa nelle messe nere. Tutti e tre sono intervenuti nella faccenda di San Michele, quando hanno dovuto ricacciare gli zombi nelle fosse...

— Mi fa male! — Leo Wehwalt però non mollò la presa, sorprendentemente salda. — Tutti e tre hanno speso la vita a cercare la Clavicola di re Salomone. Come tuo padre. — Abbandonò la stretta e si lasciò cadere sullo schienale della panchina. — Ora — continuò con un filo di voce ignorando l'espressione stupita di Lucilla — la domanda è: perché se ne stanno andando?

Lucilla e il vecchio rientrarono che era già buio. Lei lo lasciò sulla porta del piccolo appartamento senza pronunciare una parola o un saluto e risalì le scale che portavano a casa sua. Era passata da un pezzo l'ora di cena, ma di suo padre come al solito non trovò traccia. Spalancò le finestre, poi aprì il frigorifero per cercare qualcosa da mangiare. Un melone che cominciava a puzzare di sapone e un mezzo limone coperto di muffa occupavano il primo ripiano. Tagliò in due il melone. Sistemò una sedia e si sedette a guardare fuori dalla finestra, i piedi appoggiati all'infisso. Di fianco a lei, in mezzo al tavolo, un enorme vaso di cristallo ospitava Gustavo. Lucilla si ritrovò a pensare a quanto fosse incredibile che il pesce rosso fosse sopravvissuto a sua madre. Gustavo era ancora vivo, la mamma di Lucilla no. Dopo due anni di coma era sopraggiunta la morte cerebrale e suo padre, che per tutto quel tempo non era mai andato a trovarla, obbligando Lucilla a fare lo stesso, aveva disposto che donassero gli organi. Sua madre era morta sola come un cane e il fatto che adesso vivesse nel corpo di qualcun altro era una consolazione che non bastava a farle venire voglia di mangiare qualcosa di buono o di vestirsi con qualcosa di bello.

La ragazza affondò il cucchiaio nel melone molliccio e trattenne la tentazione di gettare tutto nel canale. Per quel che le importava, Venezia poteva trasformarsi in un enorme gabinetto. Suo padre l'aveva trascinata lì con la speranza di ritrovare la Clavicola di re Salomone, il più potente talismano della storia della magia. Lucilla sbuffò. Suo padre, il grande negromante, quello che aveva assistenti magici e grandi ambizioni. Quel fallito. Il talismano l'aveva trovato lei, invece, ma tutto quello che era riuscita a farci...

Si alzò e passò le dita appiccicose fra i capelli per levarseli dalla faccia. Poi un lampo blu all'orizzonte la fece sobbalzare. Erano fuochi d'artificio e provenivano dal Lido. Per la prima volta da giorni, Lucilla sorrise. Malamocco le ricordava l'unico essere vivente sulla faccia della Terra che non le facesse venire voglia di vomitare. Purtroppo, però, era anche sparito dalla faccia della Terra e Lucilla dubitava che l'avrebbe rivisto in quella vita.

D'accordo, d'accordo, d'accordo! Avevo detto che avrei volato fino a consumarmi le ali, è vero. Be', almeno ci avevo provato. Peccato che volare sia l'unica cosa decente nella vita di un mostro di pietra. Altrimenti detto doccione, gargoyle, gargolla, me medesimo. A parte demolire i piccioni con la pura furia di granitiche mascelle – le mie – le giornate di noi gargolle non sono esaltanti. Di solito stiamo immobili sui tetti delle cattedrali tutto il santo giorno e i meno fortunati, quelli non magici, pure di notte. Perché? Diciamo che nessuno si aspetta di vedere i cieli solcati da formidabili creature dotate di ampie ali palmate, corna, vertebre sporgenti, gobba, coda demoniaca e artigli, più altri dettagli minori come grugni, orecchie smisurate e zampe muscolose. Di sicuro qualche intelligentone dell'esercito ci inseguirebbe per abbatterci con un missile terra-aria per poi portare i nostri resti sbriciolati nell'Area 51 o dove cavolo nascondono i brandelli degli alieni. Non ne avete mai sentito parlare? Peggio per voi, poi non stupitevi se un'astronave vi rapisce per portarvi su Alfa Centauri, dove vi verrà ricondizionato il cervello.

Per farla breve, la sola idea di non volare più, causa consunzione delle ali, mi metteva i brividi. Quindi, dopo aver scorrazzato in lungo e in largo per il pianeta vedendo cose mostruose e magnifiche, avevo deciso di riposarmi al Polo Nord. Non mi ero ancora cimentato nel volo in condizioni estreme e l'idea di sfrecciare fra montagne di ghiaccio, lanciarmi in picchiata sferzato dalle neve e sculacciare quei trichechi ciccioni mi intrigava. Avrei potuto tuffarmi di testa nel *pack* e bucherellarlo come un groviera. E ingozzarmi di pinguini che, in fin dei conti, per quanto simpatici, sono pur sempre dei pennuti. Diciamo che la scelta polare aveva un enorme vantaggio rispetto ad altre zone terrestri: ci vivono pochi umani. Quasi nessuno, per dirla tutta, e quei pochi vestiti di pelli di foca difficilmente alzano gli occhi al cielo: cosa c'è da vedere, se si escludono le aurore boreali e qualche tormenta?

Io ero stufo marcio degli umani. Dove c'è un umano c'è un mago. Qualche ambiziosa testa-di-vitello convinta di poter piegare le forze soprannaturali ai propri biechi interessi. Per troppi anni li avevo serviti, per troppi anni avevo rubato per loro libri di formule, talismani che li avrebbero protetti, amuleti che li avrebbero resi potenti. Non era colpa mia. Mi avevano generato loro, ero una loro creatura: un puro spirito imprigionato in un corpo mostruoso e pietroso. Ma un giorno mi ero ribellato ed ero sparito, abbandonando una fanciulla bellissima e disperata con un fardello troppo pesante per le sue fragili spalle. Oh, peggio per lei! Ancora una volta, non era colpa mia se lei era splendida e io mostruoso; se lei era umana, se sarebbe invecchiata e diventata polvere, mentre io no. Io non volevo vedere quella fine. Io volevo ritirarmi al Polo Nord, dove confidavo che il freddo mi avrebbe congelato il cuore. Questo era il piano.

Il vecchio si svegliò in un bagno di sudore, forse per colpa degli incubi, forse per via della febbre. In entrambi i casi, non era un buon segno. Scalciò le lenzuola dalle gambe secche chiedendosi se la ragazza lo stesse avvelenando. Ma respinse subito quel sospetto, perché la ragazza odiava la morte. Era vegetariana, era contraria all'uso del DDT, era orfana. No, non lo avrebbe assassinato.

Il vecchio andò in bagno e si lavò il viso. Poi si spostò in soggiorno e sistemò la poltrona verso la finestra. Piccole luci ondeggiavano sull'acqua del canale. Abitava nel ghetto, quindi non si stupì di sentire, in lontananza, una voce recitare la preghiera per i morti. Avvertì una fitta al costato. Chi avrebbe recitato il *Kaddish* per lui? Dimitri era morto e lui non aveva figli, nipoti, amici. Non aveva più la sorella, nessun parente: tutti morti nell'Olocausto. Chiuse gli occhi, e le immagini del sogno iniziarono a danzare dietro le palpebre. Fuochi e grida. Orde di segugi che si muovevano nella notte, annusando l'aria a caccia della preda. Morte, solitudine, disperazione. E paura.

Frustrato per non saper interpretare il suo incubo, il vecchio si alzò e si diresse alla libreria. Cercava un libro in particolare, ma ormai doveva infilare gli occhiali anche per leggere i titoli, e gli occhiali non erano al proprio posto. Imprecò e si lasciò scivolare sul pavimento, la testa fra le mani. Al diavolo la sapienza, al diavolo tutto! Doveva rifare testamento, lasciare i suoi preziosi volumi alla sinagoga. Tanto era inutile che Lucilla li ereditasse. Per quanto studiasse e fosse dotata, non poteva imparare ogni cosa nel breve tempo che rimaneva e lui non era stato previdente, non aveva pensato a un altro maestro. Da quando aveva cercato di mettere fuori gioco il padre di Lucilla e, nel farlo, aveva innescato la tragedia che aveva coinvolto lei, il ragazzo che amava e una gargolla di pietra, non aveva più pensato al futuro. Aveva vissuto ogni giorno come se fosse l'ultimo, sperando che fosse l'ultimo, e adesso che la sua ora si stava avvicinando si rendeva conto di avere sbagliato. Per l'ennesima volta.

Voltò la testa verso la caminiera. Il cavallino di vetro era sempre al suo posto, come gli altri, coperto di polvere. Era stata la gargolla, l'assistente magico del padre di Lucilla, ad avere l'idea di trasformare in un souvenir un talismano per il quale qualsiasi mago degno di questo nome avrebbe venduto i propri figli. E da innumerevoli mesi era lassù, invisibile agli occhi di tutti. Peccato che la gargolla non fosse presente, adesso. Sul volto del vecchio si dipinse un ghigno. Il colosso di pietra che sembrava così coraggioso, così intelligente e fiero, era fuggito, sparito nel nulla. Aveva abbandonato una ragazzina e un vecchio con una spaventosa responsabilità fra le mani.

Leo Wehwalt sospirò, rimettendosi faticosamente in piedi. Al diavolo tutti: avrebbe fatto da solo. Cercò gli occhiali e li trovò. Cercò il libro e trovò anche quello. Quindi si inginocchiò a terra, spostò il tappeto e iniziò a disegnare un cerchio.

Ricordavo benissimo il giorno in cui avevo lasciato Venezia. Il padre della fanciulla era a letto, convalescente. Le sue giunture erano rigide come cuoio, perché Leo Wehwalt l'aveva pietrificato nel bel mezzo del Fondaco dei Mori, fra le statue dei fratelli Mastelli. Sotto pressione (del mio pugno sulla sua testa), il vecchio aveva usato la Clavicola per farlo tornare sano come prima. Fisicamente, perlomeno. Dal punto di vista mentale avevo delle speranze, ma non troppe. Ai tempi della nostra frequentazione, Giulio Moneta era il mago più ambizioso, presuntuoso e laido che si possa immaginare. Avevo rubato per lui, gettato sul lastrico intere famiglie, senza che quel negromante da strapazzo mostrasse un briciolo di rimorso. Il desiderio di grandezza, unito al tradimento della moglie, giustificava ogni azione, per quanto abietta. Lui aveva lottato ogni istante, con tutte le forze, per fare di lei la donna più importante del mondo e lei lo ripagava fuggendo? Credo che il suo piccolo cervello malvagio sia andato in corto circuito nel momento stesso in cui aveva capito che la moglie si sarebbe suicidata piuttosto che passare un'altra ora al suo fianco. Ma le esperienze cambiano le persone, giusto? Mi chiedevo se il buon vecchio mago ricordasse qualcosa della sua esperienza come statua. Magari avremmo potuto scambiarci consigli su come evitare la corrosione o la noia.

Comunque, quel lontano giorno osservai il mio ex socio dal tetto di fronte, mentre abbracciava sua figlia. Di sicuro pioveva, perché avevo gli occhi umidi, e chiunque sostenga che potesse essere commozione è ubriaco o matto o ansioso di ricevere una pedata nel sedere. Quando la vista del quadretto familiare diventò insostenibile, partii a razzo. Avevo avuto un sacco di tempo per ripensare a quella scena e tutte le volte provavo vergogna per aver sorriso come uno scemo dicendomi: "Uh, certo, andrà tutto bene." A posteriori, credo che Lucilla abbia capito solo in quel momento di che schifo di pasta fosse fatto suo padre. Diciamo che io allora ero il tipo di cieco che non vuol vedere. Cioè il peggiore. Passai sopra Campo dei Gesuiti, sorvolai Fondamenta Nuove e mi tuffai nella pioggia. Volai di notte, da solo, senza permettere che un pensiero mi attraversasse la mente. Evitai i tetti delle chiese, i campanili, le torri delle telecomunicazioni. Mi fermai soltanto un paio di giorni nella Foresta Nera perché avevo sempre desiderato morsicare un lupo nel didietro, ma restai deluso.

A quel punto, persi la bussola. Non so perché. Credo che tutto quel verde mi avesse dato alla testa. Andai di bosco in bosco, zompando da un albero all'altro, riempiendomi gli occhi di verde-verde-verde-verde. Esplorai le vette ombrose della Romania, le pianure ungheresi, le foreste lettoni cercando il verde perfetto. Ero come ossessionato. Ignorai gli stormi di oche selvatiche che attraversavano i cieli in formazione, le allegre cicogne che avevano spesso il vantaggio di essere già farcite di topo o serpe. In Transilvania smisi di cacciare pipistrelli (che si distinguono dai vampiri solo per le dimensioni, ma adesso non ho tempo di spiegare: state attenti al collo e basta).

Poi, a un certo punto, mi bloccai. Appiattii le ali sul dorso e mi gettai in picchiata, ululando di gioia. Un secondo dopo, atterravo in un mare d'erba. Avevo trovato il mio posto. Non i ghiacci del Polo, ma le sconfinate e selvagge steppe asiatiche. Carichi di rugiada, gli steli ondeggiavano. Mi accucciai arrotolando la coda. A giudicare dal paesaggio ero arrivato nella terra dei Tre Confini fra Mongolia, Siberia e Manciuria e lo spettacolo mozzafiato che mi trovavo davanti era la taiga, la terra degli spiriti. Senza saperlo, la fanciulla mi aveva riportato a casa. Lasciai correre lo sguardo. Verde a perdita d'occhio. Ero dentro l'iride di Lucilla. Ero la sua pupilla. Lentamente le ombre delle montagne, all'orizzonte, si allungarono fin quasi a sfiorarmi. Posai un orecchio al suolo. Rumore di zoccoli in lontananza, certo appartenenti a quei tozzi cavalli asiatici dalla corta criniera. Era un suono remoto, come il battito del cuore della Terra. Sorrisi. Lì nessuno sarebbe riuscito a stanarmi. Il vento portava già i primi accenni d'inverno; presto la neve mi avrebbe ricoperto. E al disgelo, se mai una famigliola di nomadi per caso fosse passata dalle mie parti, avrebbe visto solo una roccia isolata e rivestita di licheni. Le renne avrebbero pascolato sulla mia groppa.

Scese la notte e io ero sempre nella stessa posizione. Non avevo mai visto così tante stelle in vita mia, né così vicine. La taiga scintillava, ogni filo d'erba rivestito di luce argentata. E quella immensa distesa erbosa, larga quanto un continente, si muoveva a ondate, quasi respirasse. Chiusi gli occhi e aspettai che il muschio mi coprisse le corna. Ci sarebbe voluto del tempo, certo, ma nessuno mi aspettava per cena.

L'uomo alto e magro aprì la porta di casa senza preoccuparsi di fare rumore, tanto la figlia aveva il sonno pesante. La trovò buttata sul letto, vestita, la faccia voltata come sempre verso la finestra aperta. Si abbassò per slacciarle le scarpe e si sedette sul bordo del materasso a fissarla. Somigliava sempre di più alla madre. Il che era un problema, inutile negarlo. Anche il carattere diventava sempre più indomito, sempre più incline al tradimento. Giulio Moneta sapeva che sua figlia era disposta a tutto pur di poter fare a modo suo. La sapeva capace di mentire proprio come la madre, che aveva finto di amarlo anche quando stava progettando di fuggire. Con chi? Dove? Moneta non lo sapeva, né l'avrebbe mai saputo perché quella donna era morta. Se n'erano incaricati un brutto temporale, un'auto dalle gomme lisce e, infine, un lunghissimo coma in ospedale. Potevano madre e figlia somigliarsi tanto? Evidentemente sì, potevano.

L'uomo avvicinò il viso a quello della figlia. Annusò il suo respiro. Profumava, l'età non lo aveva ancora inacidito. Di sicuro perché era vegetariana, rifletté Moneta. La coscienza non c'entrava niente con l'alito pesante. Certo, se un animo corrotto si potesse smascherare con un bacio, quanti tormenti ci sarebbero risparmiati.

L'uomo alzò gli occhi e lasciò che lo sguardo spaziasse sui tetti del ghetto, sulle luci delle rare stelle che riuscivano a penetrare la foschia della laguna. Avvertiva qualcosa, concentrato alla bocca dello stomaco, che poteva quasi essere rimorso.

Allontanò subito il pensiero, cercando di concentrarsi sull'obiettivo. Era a un passo dal coronare le ricerche di una vita, e questo valeva il sacrificio. E il rischio. Insomma, lui e sua figlia non erano certo la famigliola perfetta, lo sapevano tutti e due. Allungò una mano, che restò un attimo sospesa a mezz'aria. Con un piccolo sforzo la posò sui capelli di Lucilla e le spostò una ciocca dalla fronte. Poi, sospirando, si alzò, chiudendosi la porta alle spalle.

Quando fu sicura di essere di nuovo sola, Lucilla spalancò gli occhi e guardò la sveglia: le quattro del mattino. I vestiti di suo padre puzzavano di assafetida, di cera e di qualcos'altro che non riusciva a riconoscere. Nonostante l'incidente in Fondaco dei Mori, suo padre non aveva abbandonato le vecchie abitudini. Non aveva più la gargolla come assistente, né il laboratorio in soffitta, ma non aveva perso il vizio di giocare al negromante. Lucilla sbuffò, si girò su un fianco e tentò di riaddormentarsi. L'indomani mattina l'aspettava il supplizio della colazione con il padre. Si trattava dell'unico pasto che consumavano insieme e non c'era verso di scamparla. Poi si sarebbe occupata della casa e della spesa, quindi si sarebbe catapultata dal vecchio.

— Oh, meraviglia! Un giardino tra le fiamme... — recitò a bassa voce. — Il mio cuore accoglie ogni forma: è pascolo ove la gazzella bruca, è il monastero ove il monaco prega... — Conosceva quei versi a memoria ed erano, dalla prima parola all'ultima, splendidi. Ma si sarebbe fatta impiccare piuttosto che confessarlo al vecchio. Lui doveva pensare che lei non apprezzasse niente di ciò che le veniva insegnato. — Per ogni idolo è tempio... per il pellegrino è la Ka'ba... — bisbigliò. Poi, finalmente, si addormentò.

Il profumo di caffè la costrinse ad aprire gli occhi. Era stato un bel momento quello in cui aveva smesso di bere latte e Nesquik. Il caffè la faceva sentire adulta, ma soprattutto sveglia. Non avrebbe mai potuto reggere i ritmi dei suoi studi senza caffeina. Avrebbe anche iniziato con la nicotina, ma il vecchio l'avrebbe spellata viva. E in fondo, se avesse potuto decidere lei come morire, avrebbe preferito buttarsi giù da un ponte senza paracadute, tanto per fare un esempio, piuttosto che con i polmoni marci. Non ne aveva l'intenzione, ma quel ragionamento le fece ricordare la gargolla e l'ebbrezza dei voli insieme. Saltò giù dal letto masticando insulti in veneziano. Quello schifoso, quel bestione di pietra l'aveva piantata in asso in una città sconosciuta, senza un amico su cui contare, senza una creatura al mondo cui chiedere consiglio. Era simpatico, d'accordo, ma era anche un gran bastardo vigliacco.

— Dove hai imparato quel linguaggio? — La figura di suo padre era apparsa nello specchio della porta. Alta, scura, seria.

Lucilla arrossì, tirandosi la maglietta sulla pancia. — A scuola.

L'uomo scosse la testa, poi disse: — Non ti prepari? È pronta la colazione.

— Sono già vestita.

— Intendevo lavata, cambiata, presentabile. Sembri uno di quei giovani barboni che chiedono la carità fuori dai supermercati. Ti manca soltanto il cane.

Lucilla si strinse nelle spalle e fece per dirigersi in cucina.

Suo padre le sbarrò la strada con il braccio. — Forse non ci siamo capiti. Vai sotto la doccia. Lavati i capelli. Sbatti quegli stracci in lavatrice. Posso sopportare una figlia eccentrica, ma non sporca. Tua madre era disordinata e sciatta, abitudine molto utile quando devi nascondere qualcosa, ma perlomeno non aveva un cattivo odore. Tu invece mi mandi la colazione di traverso.

Lucilla abbassò lo sguardo e obbedì, ma sbattendo la porta. Avrebbe avuto la sua vendetta, un giorno. Prima o poi sarebbe riuscita a chiudere suo padre in un ospizio. Lo avrebbe dimenticato là per sempre.

Uscì mezz'ora dopo con una fame da svenire. Suo padre aveva già bevuto il caffè, che a quel punto era freddo e schifoso e, come al solito, la stava fissando.

— Cos'hai da guardare? Sono pulita, adesso.
— Sai che ore sono?
— Oh, no! Non tutte le mattine! — protestò Lucilla.
— Guarda l'orologio e dimmi che ore sono. Può una ragazza di quindici anni perdere tempo fino a quest'ora?
— Se tenessi l'orologio fermo farei meno fatica, non ti pare?
Giulio Moneta sorrise, posò una mano su quella di sua figlia e iniziò ad accarezzarla. Lo faceva sempre per convincerla a mangiare la pappa, quando lei era bambina. Quel gesto, volente o nolente, serviva a calmarla. — Lo faccio soltanto per valutare i tuoi riflessi — disse, finalmente con un tono di voce affettuoso.
— E poter osservare le mie pupille. Non mi drogo, te l'ho detto... quante volte? Un milione?
— Tesoro, io mi fido di te. Ciecamente — mentì Giulio Moneta, muovendo l'orologio davanti agli occhi della figlia.
— D'accordo. Sono le nove. Le nove e... un... quarto.
— Brava la mia bambina.

Lucilla aveva mangiato così tanto da sentirsi insonnolita. O forse aveva davvero fatto un pisolino, perché la pendola della cucina segnava le undici. Accidenti! Suo padre le aveva lasciato un messaggio in cui diceva che andava a vedere una mostra con un'amica.

"Bene" pensò Lucilla. Perlomeno il suo non era uno di quei genitori che stanno sempre fra i piedi. Fece partire la lavatrice e sbrigò tutte le faccende. Si arrampicò sulla sedia, raggiunse l'ultima mensola e aprì un vocabolario. Dentro, nascosto sotto la copertina, c'era un manuale di demonologia. La lingua era terribilmente astrusa, le faceva venire l'emicrania, ma se non altro si leggevano i nomi dei demoni. La lezione del giorno avrebbe interessato sette demoni in particolare. Con il libro sottobraccio, Lucilla andò a chiudere con il catenaccio la porta di casa. Così, se "l'amica" avesse dato buca a suo padre, lui non le sarebbe piombato alle spalle all'improvviso. Infatti non l'aveva mai pizzicata, rifletté con soddisfazione. Guardò di nuovo la pendola: aveva almeno tre ore per ripassare quella dannata lezione. Avvicinò il recipiente con Gustavo e iniziò a ripetergli i nomi dei demoni che Leo le aveva fatto imparare a memoria: Sam Ha, Mawet, Ashmodai, Shibbetta, Ruah, Kardeyakos, Na'Amah. Il pesce sembrava a disagio nel grosso vaso decorato, ma Lucilla non se ne curò. Ricordava alla perfezione tutti i nomi, accenti compresi. Quel pomeriggio il vecchio non avrebbe trovato niente da rimproverarle.

Più tardi, mentre scendeva le scale per raggiungere l'appartamento di Leo, Lucilla si rese conto con disappunto che non aveva pensato a niente che potesse disturbarlo. Del resto, storpiare i nomi dei demoni è rischioso oltre che poco divertente, e il vecchio avrebbe pensato soltanto che lei fosse una studentessa poco dotata. Arrivò davanti allo spioncino di casa Wehwalt senza uno straccio di idea. Ondeggiò sui piedi, senza decidersi a bussare. Doveva farlo arrabbiare, *doveva*.

In quel momento, proprio mentre lei si mordeva le labbra e grattava la fronte, si aprì la porta. Le guance del vecchio erano insolitamente colorite, gli occhi quasi vivaci. Ignorò il fatto che la sua allieva si comportasse come uno scimpanzé. — Bene, sei qui — disse.

— Come ogni giorno — replicò Lucilla e fece per entrare.

— No! — esclamò Leo e poi, più dolcemente: — No, vai a comprare un altro cavallino di vetro. Mi piacerebbe blu. Poi piazzati fuori dal negozio dell'antiquario, quello di cui ti parlavo ieri.

— Cosa? — farfugliò Lucilla osservando sbalordita la banconota che il vecchio le aveva ficcato in mano. — Oggi niente lezione?

Leo scosse la testa; i capelli bianchi gli finirono sugli occhi, ma lui tenne ostinatamente la mano sullo stipite. — Lezione di appostamento. — Poi, siccome l'allieva lo fissava con un'espressione stralunata, sospirò e aggiunse: — Ti apposterai non vista fuori dal negozio di antiquariato in calle Diedo. Di sicuro il proprietario ha cambiato casa; voglio sapere se sta traslocando anche l'attività e, se sì, dove. Osserverai ogni movimento, ogni azione, ogni visitatore, discreta e muta come un pesce. Cercherai di scoprire che cosa stanno architettando gli alchimisti di Venezia. Guai a te se ti farai notare, se ti farai sfuggire questo indirizzo, se farai in modo che qualcuno risalga a noi, se farai sospettare ad anima viva che un cavallino di vetro significhi qualcosa.

La ragazza odiava quel tono di voce, che voleva sottolineare quanto fosse giovane e sprovveduta. Era vero, ovviamente, ed era proprio per quello che lo odiava. — C'è altro che devo sapere? — chiese.

— No.

Detto questo, il suo maestro le chiuse la porta in faccia senza lasciarle il tempo di sbirciare dentro e scoprire cosa le stesse nascondendo. Non era la prima volta che il vecchio mentiva. L'anno precedente si era finto la propria sorella gemella per poter conquistare la sua fiducia e manipolarla. Quella era stata la prima volta, e Lucilla aveva giurato che sarebbe stata anche l'ultima.

A un certo punto stare seduto sulla nuda terra cominciò a diventare fastidioso. Mi sentivo l'età di Matusalemme e tutti i suoi reumatismi. Come se non bastasse, un prurito insistente alle corna rendeva impossibile mantenere quella posizione un secondo di più. Ok, una grattatina non aveva mai ammazzato nessuno. Poi mi sarei rimesso comodo ad aspettare la seconda glaciazione. Alzai la zampa per dedicarmi al dovuto sollucchero, e capii subito che qualcosa non andava. Mi sentivo osservato. Sollevai le palpebre. Niente all'orizzonte a eccezione di chilometri d'erba. Socchiusi gli occhi per scrutare nella luce del tardo pomeriggio l'ombra proiettata dai rami dell'albero alle mie spalle. Niente anche lì.
"Falso allarme" pensai attaccando a rasparmi la testa. Notai che il sedere affondava ormai nella terra di svariati centimetri e poi – alleluia! – realizzai la cosa più importante: quale albero? Non c'erano alberi quando mi ero seduto in quel posto! Era possibile che fosse passato così tanto tempo che una betulla mi era potuta crescere sulla gobba? Una con grossi rami rivestiti da una specie di muschio simile al velluto? Voltai il grugno con la bocca spalancata (fin qui niente di strano direte voi, essendo io una gargolla) e cacciai un urlo bestiale: — AAHHHUUUUUUUURRRGGG! — Più o meno.

La renna che stava brucando ranuncoli alle mie spalle si limitò a sollevare un sopracciglio. Sfoggiava corna larghe come un palco d'opera. Il manto, bianco e nero, brillava sotto il sole. Ma la cosa più scioccante fu vederci una nonnina seduta in groppa.

Anche lei poteva avere l'età di Matusalemme. La pelle del viso era rugosa come una vecchia suola. E i lobi delle orecchie, appesantiti da un paio di orecchini a forma di uccello, le ciondolavano sulle spalle. Indossava una giacca allacciata da un lato, tipica di quelle regioni, e una lunga collana di pezzi d'osso. E non era ancora morta di infarto! Di solito quelli che hanno il privilegio di vedermi zompare per aria all'improvviso sbattendo le ali e ululando durano il tempo di dire: "Ahi", dopodiché vanno giù lunghi-stinchi.

La vecchina invece sorrise, mostrando denti bianchissimi e perfetti. — *San bain uu* — salutò. Strano, per un attimo pensai che parlasse a bassa voce per non spaventarmi. Lei, a me. Senza smettere di sorridere, saltò giù dalla renna e iniziò a spazzolarmi la polvere dalle spalle. Immagino che avrei potuto mangiarmela, magra e gracile com'era, ma le vecchie ossa sono troppo friabili per i miei gusti e poi non mi aveva fatto niente di male. A furia di gesti e spintoni mi trascinò alla sua iurta. Ah, finalmente capivo. La nonna aveva bisogno di una mano, magari per smontare la tenda, e magari le mancava qualche diottria. O qualche rotella. Forse mi aveva scambiato per un membro della sua tribù. Mi rassegnai ad aiutarla. Prima se ne fosse andata, meglio era.

La nonna entrò nella tenda e io restai fuori cercando di riordinare le idee. Potevo considerare quella decrepita analfabeta un vero essere umano? L'incontro con lei invalidava il mio voto di tenermi alla larga dall'umanità tutta? Perso nelle mie riflessioni, non mi ero accorto che era riemersa con una pentola, due tazze e un mestolo ricavato da un osso di caribù (probabilmente morto di peste, a giudicare dalla puzza). Intonando una nenia incomprensibile, affondò il mestolo nella brodaglia. Poi rovesciò il contenuto in direzione dei quattro punti cardinali. Una sorta di omaggio agli spiriti, riflettei. Quindi ripeté l'operazione riempiendo le due tazze. Eccomi sistemato. Chi l'avrebbe mai detto? Il terrore dei maghi d'Europa, il mostro indomito che aveva trovato la Clavicola di re Salomone e se l'era gettata alle spalle, stava sorseggiando tè come una vecchia zitella; mancavano solo i pasticcini. E la cosa peggiore era che mi sentivo sereno come non accadeva da tempo. Odio ammetterlo, ma la solitudine mi aveva immalinconito. Osservai la mia nuova amica canticchiare tutta contenta. All'improvviso non avevo più voglia che raccogliesse le sue carabattole e sparisse nella taiga. Fregato, fregato, fregato.

Lucilla raggiunse in fretta il luogo stabilito. Ormai si orientava nel labirinto di campielli, calli e corti come un gatto randagio. Bastava che le dicessero un indirizzo e già la sua mente contava le svolte, elaborando il tragitto più breve e meno faticoso. Attraversava i ponti a occhi chiusi e capiva al primo sguardo se dietro un anonimo portone si nascondesse il palazzo di un nobile o di un ricco. Controvoglia dovette ammettere che era merito del vecchio: era stato lui a insegnarle a chiudere gli occhi e ad ascoltare. Cinguettii, frinire di cicale, strilli di bambini di giorno indicavano un giardino segreto. Di notte, in estate, lo stesso giardino si poteva individuare dalle voci, la musica e il tintinnare di bicchieri. Lo sgocciolio dell'umidità dagli alberi avrebbe aiutato a scoprirlo in inverno. L'unica cosa che non riusciva a imparare dal vecchio era rendersi invisibile. Lui si sedeva e spariva; diventava grigio come un muro se si appoggiava a un muro, verde se si sedeva su una panchina. Era l'essere umano più simile a un camaleonte. Perché non si era arruolato nel Mossad, il più efficiente servizio segreto del mondo, invece di andare a rovinare la vita proprio a lei? Forse sarebbe già stato morto e sepolto nel deserto del Negev o a Bassora. Non si sarebbe trovato sulla sua strada. Avrebbe ignorato che suo padre non era un banalissimo chimico, ma un ambizioso e sfigato negromante con l'ossessione di surclassare i precedenti possessori della Clavicola, nientemeno che Salomone il Magnifico e Nabucodonosor il Babilonese. Il vecchio non avrebbe finto di essere la propria sorella, illudendola che esistesse al mondo una donna simpatica e premurosa che potesse affezionarsi a lei. Il ricordo di quanto le fosse piaciuta Ruth aveva un duplice effetto: primo, la faceva sentire una perfetta idiota per aver creduto alla messinscena di Leo; secondo, le rendeva insopportabile l'esistenza di Leo. Come aveva potuto fingere di essere una persona così diversa, ma soprattutto come aveva fatto a essere credibile? Tanto Ruth era adorabile, quanto lui era odioso. L'unica cosa che avevano in comune era la Clavicola. Il compito di custodirla e proteggerla. Leo era succeduto a Ruth. Lucilla era succeduta a Dimitri. La differenza era che Ruth era stata scelta dal rabbino e Dimitri era stato scelto da Leo, mentre loro due si erano ritrovati quel peso addosso soltanto per via delle circostanze.

Quanto invidiava l'invisibilità di Leo e quanto volentieri sarebbe sparita nella crepa di un muro. Invece eccola lì, abbagliante come un faro. Così bionda, così bella da far male agli occhi. Non sarebbe mai passata inosservata, specialmente se suo padre si ostinava a farle lavare i capelli. Con quel caldo, se non altro, le si sarebbero presto appiccicati alle tempie; almeno avrebbero smesso di svolazzarle intorno al viso.

Individuò la vetrina dell'antiquario e si sedette sul cordolo di un pozzo. La pietra era rovente e i minuti scorrevano con una lentezza esasperante. Era l'esperienza più simile a una tortura medievale che Lucilla avesse mai vissuto. Se si fosse accucciata, piegando la schiena fino a toccare con la fronte le ginocchia, avrebbe potuto quasi credere di essere nei Piombi, le famigerate prigioni veneziane. Lucilla sudava cercando di darsi un contegno, mentre all'interno del negozio non accadeva niente di significativo. I turisti entravano e uscivano con vasi e soprammobili in eleganti sacchetti color cannella. I curiosi venivano ospitati per il minimo indispensabile e poi, sempre con molto garbo, sospinti verso l'uscita. Il signor Lucertola, così chiamato perché Lucilla ancora non conosceva il suo nome, distingueva alla prima occhiata i compratori dai perditempo, quindi avrebbe beccato anche lei. Doveva inventarsi qualcosa.

Per concentrarsi, estrasse dalla tasca dei pantaloni

una donna di picche. La carta era stata così a lungo accarezzata e maneggiata da avere i bordi taglienti come rasoi. Lucilla se n'era accorta per caso tempo prima, quando ancora non poteva guardare la donna di picche senza scoppiare a piangere. Si era procurata un taglio così profondo da richiedere tre punti di sutura. Nel palmo della mano destra da allora aveva una nuova linea dell'amore con uno sbrego nel mezzo. Iniziò a rigirarsi la carta fra le dita, dal mignolo all'indice, avanti e indietro. Era diventata velocissima con quel gioco, anche perché non si separava mai dalla dama che le ricordava Dimitri e il pomeriggio in cui lui gliel'aveva regalata, avevano bevuto cioccolata e si era chiesta se anche lui non avesse mai dato un bacio. Lucilla si ritrovò a pensare che, sebbene due metri sottoterra, Dimitri avesse più probabilità di lei di trovare la persona giusta.

Si alzò sospirando. Voleva dare l'impressione della brava ragazza accaldata che si era seduta solo per riposarsi. Finalmente aveva trovato un sistema eccellente per entrare nel negozio senza insospettire Lucertola. La porta la annunciò con un fresco scampanellio.

— Buongiorno — disse Lucilla. — Sto cercando un nuovo pezzo per la mia collezione.

— Oh — fece Lucertola senza scomporsi. — Di che cosa si tratta?

— Cerco un cavallino di vetro.

Lucertola inclinò appena la testa di lato, sorridendo.

Lucilla si accorse che la stava squadrando da capo a piedi. — Posso pagare — disse.

L'uomo sfilò la mano dalla tasca e la usò per guidare delicatamente la ragazza all'interno del negozio. — Vedi quel piccolo cavallino? È l'unico che ho. È del diciannovesimo secolo.

Lucilla guardò nella direzione indicata. Spalancò gli occhi e strinse le labbra finché non diventarono bianche.

— Non voglio offenderti, solo evitare di farti perdere tempo — proseguì Lucertola. Poi, siccome Lucilla non si muoveva di un passo, aggiunse: — Se vuoi dargli un'occhiata...

— No, voglio comprarlo.

L'uomo le piantò addosso gli occhietti neri e sparò una cifra che la fece vacillare.

— Mi scusi — disse allora Lucilla. — In effetti, non ho abbastanza soldi.

— Cerchi lavoro?

— *Pardon*?

— Sei francese?

— Da parte di madre.

Gli occhietti di Lucertola brillarono mentre spiegava: — È per come arroti la erre. Il mio aiutante si è licenziato. Ha sposato una cliente facoltosa, Dio la benedica. Ora io devo imballare delle cose pre-

ziose; cerco una persona onesta e discreta che mi dia una mano. Un mese di lavoro, tutti i pomeriggi eccetto la domenica.
— In cambio avrò il cavallino?
L'uomo scoppiò a ridere. — Perbacco, sei svelta. Va bene, se non farai cadere niente e verrai vestita in modo da non spaventarmi i clienti, sì, avrai il cavallino.
Lucilla si guardò le scarpe sfondate e la maglietta di tre taglie più grande e disse: — Ok.
— Allora ti aspetto. Porta il codice fiscale e un documento. Se cambi idea, avvisami domani a quest'ora.
La porta non si era ancora richiusa alle sue spalle che Lucilla era sparita in un campiello. Aveva commesso un'imprudenza? si chiese sul vaporetto che conduceva al Lido. Pazienza, doveva avere quel cavallino a tutti i costi. E poi, i collezionisti di animali di vetro a Venezia dovevano essere centinaia: il cavallino dell'antiquario poteva prendere il volo in qualsiasi momento. Avrebbe convinto il vecchio. Alla peggio, lo avrebbe piantato in asso.
Si appoggiò alla balaustra e respirò l'aria salmastra della laguna. Con i soldi che Leo le aveva dato aveva comprato una schifezza di cavallo in uno dei negozi sul ponte di Rialto. Lo aveva preso blu, per farlo contento. Con il denaro avanzato si era imbarcata per il suo posto preferito. Leo non la voleva fra

i piedi e lei non vedeva l'ora di accontentarlo. Scese di fronte al casinò, comprò una bottiglia d'acqua e si avviò di buon passo lungo la strada che costeggiava il mare verso Malamocco. L'ombra dei platani le sembrò la cosa più fresca e rilassante del mondo. Era estate e un sacco di persone armate di borse termiche e ombrelloni si dirigevano in bicicletta verso le spiagge. Lei, invece, puntò una chiesetta.

Per via del caldo e della bella giornata non c'era anima viva. Lucilla si guardò intorno per esserne sicura e si infilò in una porticina cui da tempo aveva sostituito il lucchetto. La scala era ripida, stretta e puzzava di umidità. Lucilla salì i gradini coperti di cacche di piccione, piume, ossicini. Spalancò un'altra porta e si ritrovò in cima al campanile. La brezza le spettinò i capelli. A terra c'erano dei cuscini scompagnati, un mucchio di coperte, pellicce e persino un pezzo di divano. Quello era stato il rifugio della gargolla, una notte d'inverno. Adesso era tutto suo. Le piaceva un sacco ripensare a quella notte, quando si era buttata dalla finestra della soffitta nel canale sottostante e la gargolla l'aveva riacciuffata al volo. Con la lingua, Lucilla strofinò il dente rotto nell'incidente. Le piaceva ripensare a quella notte perché era stata l'unica volta, da quando sua mamma se n'era andata, in cui si era sentita importante per qualcuno.

Si gettò sui cuscini, tirò fuori la donna di picche e iniziò a riflettere. Per certi versi era esaltante sapere di doversela cavare da sola. Bastava non fare passi falsi. Se il vecchio aveva ragione, Lucertola poteva volerla usare come sacrificio umano in una messa nera. Lucilla inspirò, guardò fuori e sorrise. Ma se il vecchio aveva torto, lei avrebbe fatto un'esperienza e guadagnato quel cavallino che per lei non aveva prezzo. Se invece voleva farle del male, il tizio avrebbe ricevuto una brutta sorpresa: sarebbe stata lei a sistemarlo. Gli avrebbe sottratto degli amuleti importanti, costosi. Avrebbe salvato degli innocenti. Comunque avrebbe vinto lei. Lei era la custode della Clavicola. Aveva sofferto tanto per fortificarsi in vista di un grave compito. Forse era proprio quello. Forse era solo il primo. Fece scivolare il bordo della carta da gioco sul polpastrello dell'indice, e il sangue iniziò a gocciolare sul pavimento.

La mia nonnina dagli occhi a mandorla bevve il tè e cucinò una robaccia che poteva essere testa di montone bollita. Senza neanche una carota o una cipolla; roba che neanche nelle galere della Serenissima ai tempi delle guerre coi mammalucchi, quando le casse erano a secco. Me ne offrì un mestolo, ma io rifiutai educatamente spiccando il volo a caccia di qualcosa da rosicchiare.

Al mio ritorno, lei stava seduta nella iurta ad aspettarmi. Lo capivo perché le tazze posate sul baule che fungeva da arredamento erano due. Il tè fumava sul fuoco, temo insaporito con il grasso del montone. Mi turai le froge e bevvi. Non era nemmeno la cosa più schifosa che avessi assaggiato. Non ho tenuto il conto dei calici sospettati di essere avvelenati che mi avevano fatto trangugiare i maghi presso i quali avevo prestato servizio. La cosa più bella delle tende mongole è il fatto che hanno un enorme foro in cima, perché gli abitanti non perdano il contatto con il cosmo. La vecchia prese a indicare le costellazioni nominandole una a una in quella sua lingua breve e gutturale. Io annuivo, bevevo tè e mi sentivo un pascià. Dopo avermi illustrato tutte le stelle del firmamento, la nonnina fece per spogliarsi e io mi catapultai fuori. Ci volle del bello e del buono, un folle gesticolare e così tanti dinieghi da temere che la testa mi si svitasse dal collo, per convincerla a non cedermi la branda di cuoio. Non mi costò molto fare la parte del gentiluomo, perché il giaciglio era duro come cemento. Quindi uscii a godermi la pace e il silenzio e la nostalgia per la mia città e per la fanciulla che là vi abitava.

Il mattino successivo, la vecchia trovò una lepre fuori dalla tenda. Fece così tante feste a me e cerimoniali per ringraziare lo spirito della lepre da farmi invidiare i vegetariani. Scuoiò la bestia, la cucinò sullo spiedo e mi fece scegliere la parte che preferivo. Ovviamente optai per quella con più ossa. Come forse ho già detto, noi gargolle non abbiamo alcun bisogno di nutrirci. Io bevo solo spumante e mangio cose croccanti per il piacere del rumorino. Potrei pasteggiare tutti i giorni a grissini, ma le ossa dei piccioni mi danno più gusto. Forse perché i grissini non me la fanno in testa? Comunque, dopo pranzo la nonna mise la pelle a seccare al sole e fu allora che notai un polverone venire dalla nostra parte.

La vecchia si appostò a scrutare l'orizzonte. A gesti mi fece capire che stava arrivando una donna incinta che aveva già molti figli (una curva sulla pancia e poi il palmo della mano rivolto verso il basso quattro volte ad altezze decrescenti, se vi state chiedendo come avesse fatto a spiegarsi). Io feci per dileguarmi, ma lei mi trattenne con così tanti sorrisi e moine che non riuscii a staccarmi dal suolo. Non so come giustificarlo, ma mi fidavo di lei e volevo aiutarla. E per tutto ciò era bastato un tè che sapeva di giuntura ovina. Vedete come riduce il mal d'amore?

La casa del vecchio era muta come una tomba. Lucilla picchiò contro la porta, chiamò e poi si convinse con un tuffo al cuore che era morto. Uscì la vicina, si iniziò a discutere se chiamare i vigili del fuoco per abbattere la porta quando alla fine, con un grugnito rabbioso, Leo Wehwalt aprì.

La vicina se la filò, quasi offesa per il mancato spettacolo.

Lucilla, invece, marciò dentro senza chiedere permesso. — Intendeva lasciarmi fuori a marcire? — sbottò. Poi si guardò intorno. C'erano mobili spostati, tappeti fuori posto e una puzza di incenso da levare il fiato. — Ha evocato un demone? — sibilò. — Senza farmi assistere?

Il vecchio scosse la testa. — Certo che no, ho solo riprovato la sequenza che avevi sbagliato per vedere se me la ricordavo ancora. E infatti è così. Si tratta dell'evocazione più semplice, in effetti.

Lucilla gli rivolse un sorriso a denti stretti. Uno a zero per il vecchio. Gli voltò le spalle e sistemò il nuovo cavallino di vetro sulla mensola. — Dobbiamo montarne un'altra. Qui non c'è più spazio.

— Non voglio averti vicino con il trapano in mano — scherzò Leo. — Potrebbero venirti strane idee.

Lucilla lo fissò per un secondo senza sapere che dire. Non era da lui scherzare, sorridere o farla sentire bene in qualsiasi modo. Cos'era cambiato?

— Metteresti su il bollitore per il tè, mentre mi racconti com'è andata da Sensi?

— Chi è Sensi?

— L'antiquario. Non hai visto l'insegna del negozio?

Lucilla si precipitò in cucina per non far vedere che era avvampata. Certo che non aveva notato l'insegna. Accidenti a lei! — Ovviamente — farfugliò. — Solo che io lo chiamo "Lucertola".

— Molto intelligente. Un nome in codice.

La ragazza si sporse dalla porta della cucina con il bollitore in mano.

Il vecchio era seduto in poltrona e tamburellava le dita sul bracciolo. Sembrava tenesse il tempo di una musica invisibile. — Puoi aprire le finestre, per favore? Credo che si debba cambiare aria qua dentro. Quando questa casa sarà tua, immagino farai installare l'aria condizionata.

Lucilla sentì gli occhi schizzarle fuori dalle orbite. Era impazzito. Si avvicinò in punta dei piedi, ma lui la udì lo stesso.

— Vecchio sì, ma non sordo — disse. — Se adesso volessi occuparti del tè... sai, non credo di avere tutto il tempo del mondo.

Lucilla obbedì, muta ed esterrefatta. Le poche volte in cui Leo Wehwalt era stato gentile con lei, o spiritoso, erano state quelle in cui si era finto sua sorella. La ragazza non capiva più con chi avesse a che fare. Chi era quel vecchio con i capelli bianchi, il numero tatuato sul braccio e un tono di voce che non sembrava volerla incenerire ogni volta che apriva bocca? All'improvviso, le parve che nel suo cervello si aprisse una crepa, e che da quella crepa si diffondesse il dubbio che forse Leo mentiva quando era odioso ed era vero quand'era amabile. Insomma, era vero quando fingeva di essere sua sorella e falso quand'era se stesso. Perché? C'entrava qualcosa il fatto di odiare se stesso? Di sentirsi responsabile della morte di Ruth e Dimitri? Di riuscire a sopportarsi solo nei panni di qualcun altro?

— Sto aspettando — disse Leo, richiamandola dai propri pensieri.

Appena in tempo! Un altro istante e Lucilla avrebbe capito quanto il suo essere una ragazza insopportabile coincidesse con l'essere un vecchio insopportabile. La crepa si richiuse e Lucilla servì il tè.

Quando finalmente ebbe bevuto, Leo domandò:
— Che mi dici di Lucertola?

Lucilla raccontò tutto, augurandosi che il vecchio la investisse di insulti.

Invece si limitò a scuotere la testa. — Non mi sembra prudente, potrebbe coinvolgerti in qualcosa di pericoloso.

— Ma io so chi è, e starò attenta. Mi ha promesso un cavallo che è talmente simile a... al nostro... che persino io farei fatica a distinguerli.

Leo si limitò a socchiudere gli occhi. Passò un minuto eterno, poi mormorò: — Mmm... otterremmo due vantaggi in una sola azione: scoprire che cosa sta covando e una copia della Clavicola.

— Già.

— Portami il calendario. — Leo lo studiò attentamente, consultando poi dozzine di almanacchi scritti in ebraico che Lucilla non sapeva ancora tradurre. Solo alla fine disse: — D'accordo. Accetta il lavoro, ma tutte le sere verrai a riferire a me. E stai *molto* attenta.

Il cavaliere sembrava solo un tizio basso, a quella distanza. Invece si rivelò essere un moccioso di dieci anni al massimo. Ci scambiammo uno sguardo di pietra. Cavolo, per essere un umano con ancora la candela al naso aveva sangue freddo da vendere! Smontò dalla sella e iniziò a slegare la rudimentale barella che ci stava attaccata. E in effetti, come aveva detto la nonnina, sopra c'era una signora incinta. Senza offesa per le vostre mamme, sarà stato per il *deel* colorato che indossava, ma sembrava più una mongolfiera che un essere umano. E lanciava certi urli... non che voglia spaventare nessuno, ma pareva che la stessero squartando.

La vecchina le tastò la pancia, ascoltò qualcosa e poi si precipitò dentro la tenda. Il ragazzino tentò di mettere in piedi la madre, ma era evidente che sarebbe morto schiacciato sotto quella pancia, quindi andai a dare una mano. Nemmeno la donna fece una piega quando mi vide. Immagino che niente possa essere più spaventoso delle doglie. Accettò il mio aiuto, e tutti e tre zampettammo verso la iurta.

Mi aspettavo di trovare la mia nonnina con un bel pentolone di acqua bollente sul fuoco, un sacco di stracci e il grembiule da levatrice. Mi aspettavo anche di scaricare la signora, portare fuori il piccolo e attendere che il fato si compisse. Invece no. La iurta era piena di fumo, per cui ci volle un bel po' prima di trovare in quel nuvolone la mia vecchina. E quando la vidi mi cadde la mascella. Indossava un copricapo di piume d'aquila con delle frange pelose che le coprivano la fronte e due belle corna di renna in cima. Il mantello rivestito di frammenti metallici, borchie e punte di freccia tintinnava a ogni passo. Feci per darmela a gambe, ma la vecchia fu più veloce di me. Mi piazzò in mano un tamburo e mi voltò le spalle. Cacciò fuori il ragazzino e iniziò a picchiare i piedi al suolo. Danzava, ora lo so, per invocare il suo spirito guida.

Cavolo, cavolo, cavolo! Quella diabolica vecchia era una sciamana. Che è come dire maga a un'altra latitudine.

Giulio Moneta cenò con la figlia. Siccome il frigorifero era vuoto, preparò una pasta in bianco che metteva malinconia a vedersi. Fece due chiacchiere di cortesia con Lucilla, aspettò che si addormentasse e uscì. Raggiunse il luogo dell'appuntamento che mancavano due ore all'alba. Lo squero in Fondamenta Nuove era abbandonato da anni e la presenza dei ratti lo rendeva poco gradito anche a chi non aveva un tetto.

L'uomo accese la torcia, posò lo zaino su un bancone e lo aprì. Gettò alcune erbe in un bacile di ferro e gli diede fuoco. Il fieno greco arse scoppiettando, mettendo in fuga i roditori. Le fiamme illuminarono ampolle, alambicchi, contenitori di vetro dentro cui galleggiavano minuscoli corpicini rosa. I libri, poche decine, erano custoditi in una libreria da poco prezzo, con gli scompartimenti protetti dal vetro. Il negromante controllò che nelle tasche ci fosse abbastanza assafetida da tenere alla larga un plotone di demoni e attese. Lo squero un tempo sfornava gondole a decine, ma ormai era in stato di abbandono. Da lì si potevano raggiungere le isole di San Michele, San Servolo e Murano con una barchetta a remi.

All'improvviso, una voce sepolcrale alle sue spalle lo fece sussultare, ma l'uomo si sforzò di non darlo a vedere.

— Allora, mago, hai scoperto quello che volevi sapere?

— Non cavo un ragno dal buco — rispose Moneta, seccato. — Tutto quello che so è che è a casa del vecchio. Poi inizia la farneticazione sui cavalli.

— Il vecchio non si tocca — replicò la voce.

Il negromante picchiò il pugno sul tavolo. — Dovrei accontentarmi delle informazioni che mi hai dato? Io voglio la Clavicola; in cambio tu avrai quello che hai chiesto.

Il corpo cui apparteneva la voce si alzò dall'angolo in cui stava accucciato. Si sollevò, barcollante come un ubriaco. — Dobbiamo solo aspettare che il vecchio se ne vada.

Il mago grugnì. — Potrebbe volerci un secolo, e nel frattempo mia figlia diventa sempre più difficile da controllare.

— È il suo bello — sussurrò la voce.

Quando il ragazzo, sua madre e il nuovo bebè non furono che un puntolino all'orizzonte, posai a terra il tamburo. Mi voltai verso la vecchia e, senza smettere di digrignare i denti, spalancai le ali.

Lei, quasi avesse intuito le mie intenzioni, scosse la testa. — Perché vuoi andartene?

Feci un balzo indietro e caddi sulla schiena. Sul sedere, a voler essere sinceri, ma a chi interessa la sincerità? La voce della vecchia mi era rimbombata nella testa. Non c'entravano le orecchie, le onde sonore, le corde vocali, niente che si possa leggere in un libro di scienze. Lei mi parlava *dentro* la testa. E, fatto ancora più strano, io la capivo.

— Perché sei arrabbiato? — chiese.

— Odio i maghi — risposi. Non sapevo se anch'io fossi diventato telepatico, così le strillai nelle orecchie, tanto per darle fastidio.

— Non c'è bisogno di gridare. E non so cosa siano i maghi.

Pestai una zampa a terra, e il rostro del tallone si conficcò così profondamente nel terreno che faticai a tirarlo fuori. — Gente avida e avara — spiegai — che usa il potere delle Cose Supreme per acquisire potenza e ricchezza.

Per tutta risposta, la vecchia si strinse nelle spalle e si infilò nella tenda. Volevo sbranarla, non dimentichiamolo, per questo la seguii. La trovai stesa a occhi chiusi sulla branda. A terra giacevano i suoi ferri del mestiere: crini di cavallo intrecciati, ghirlande, collane di teschi di roditore, pezzi di bestia essiccata... niente che potesse avere un valore, in questo mondo o nell'altro. Persino il suo unico ornamento, la collana che portava al collo, era fatto di schegge d'osso. O artigli d'orso, a ben guardare. Mmm... le molecole mi fremevano tutte per la curiosità. Forse non l'avrei mangiata, dopotutto.

— Come fai a parlarmi nella testa? — chiesi.

— Perché sto parlando la lingua degli spiriti. Per farlo devo essere in stato di trance. Grazie per avermi aiutato, con il tamburo.

— Già.

— Nessuno nella mia tribù ha ricevuto la chiamata degli spiriti — aggiunse. Poi, siccome io mi limitavo a fissarla interrogativo, continuò: — Quando verrà la mia ora, il mio sapere morirà con me.

Altro sguardo interrogativo. Questa volta più attento, in effetti.

— Il mio animale totem mi ha detto che dovevo venire qui e aspettare chi mi avrebbe sostituito. Ho lasciato la mia tribù e sono venuta al Nord, come mi era stato ordinato. E ho trovato te.

Be', questa sì che era una notizia...

Il gatto camminava sul cornicione. A un tratto sentì un fremito nelle ossa, una sorta di avvertimento. E infatti, una frazione di secondo dopo, un cane iniziò ad abbaiare. Il gatto saltò giù e, mentre era in volo, il suo corpo iniziò a cambiare. Diventò sempre più grande, più muscoloso e scattante. Il tempo di posare le zampe a terra e il soriano a strisce bianche e grigie si era trasformato in un leopardo. La coda maculata ondeggiò placida, mentre il sinuoso felino si voltava sfoderando gli artigli. Il cane che correva nella sua direzione ebbe appena il tempo di rendersi conto che stava per morire ed era già morto. Il leopardo osservò per un attimo la sua preda giacere in una pozza di sangue, quindi gli affondò i canini nel collo.

Quando faceva sogni così belli, Lucilla odiava svegliarsi. E ancora di più odiava subire il solito rituale con l'orologio e il solito pistolotto sulla puntualità da parte di suo padre. Poi Giulio Moneta uscì per andare al lavoro e lei si occupò più rapidamente del consueto della casa e di Gustavo. Pranzò davanti a un libro prestatole dal vecchio, le cui pagine puzzavano così tanto di muffa da ricordare un gorgonzola piallato e seccato. Poi, finalmente, venne l'ora dell'appuntamento. Doveva lavarsi e trovare un paio di pantaloni che non la facessero sembrare un facchino. Accidenti! Era fondamentale convincere l'antiquario, e lui gliel'aveva detto chiaro e tondo: doveva essere vestita bene.

Lucilla prese a calci il suo armadio, talmente vuoto da rimbombare. Incrinò una delle ante, ma allo stesso tempo fece in modo che la soluzione le piombasse in testa. Si trattava di un pacco avvolto in una sottile carta gialla e dimenticato lassù da mesi. Era un ricordo di sua madre, sceso dal cielo apposta per risolvere il problema. Con un gridolino di felicità, la ragazza si catapultò sotto la doccia.

Era strano immaginare la vecchia sotto una nuova luce. Uscita dalla trance, era tornata una donnina affettuosa e stramba, che borbottava in una lingua incomprensibile e offriva tè agli spiriti. Aveva riposto il tamburo e tutti i suoi attrezzi nel baule e passava le giornate a intrecciare ghirlande. O a bollire schifezze nel pentolone. Niente riti, niente guarigioni, niente fenomeni paranormali come la telepatia. Presto iniziai a stufarmi di osservarla e mi dedicai al mio sport preferito: la caccia al pennuto. Era una notte di luna piena e un gufo ebbe l'ardire di svolazzarmi sotto il grugno. Partii subito all'inseguimento. Mi stavo divertendo come un matto in mezzo agli abeti, quando sentii la solita voce rimbombarmi nelle orecchie.

— Nessuna chiamata?

Persi di vista il gufo e per un soffio non andai a piantare le corna in un tronco. — Ehi! Ti dispiace avvisare prima di urlarmi nella testa? Stavo andando a sbattere.

La sciamana ignorò il mio tono risentito e continuò: — Allora, chiamate?

Feci un giro della morte e presi a zigzagare fra gli alberi. Volavo talmente veloce che potevo sentire il ghiaccio formarsi sulle orecchie.

— Chiamate?! — tuonò ancora la sciamana.

— Ehi! Vecchia strega! — protestai. — Non sono un telefono! Chi dovrebbe chiamare? Non so niente, non mi spieghi niente. Me ne sono stato buono per giorni e, proprio quando decido di sgranchirmi un po' le ali, tu incominci a urlarmi nelle orecchie?

Seguì un lugubre silenzio. Rallentai, magari la nonnina aveva deciso di abbassare il volume e chiedere scusa. Intorno a me, nel buio della foresta, sentivo solo il frusciare del vento e lo stormire delle foglie. Non un verso di animale, non un suono. Pareva un camposanto.

E fu allora che la voce disse: — Vecchia strega? A me? Vieni a dirmelo sul muso, se hai il coraggio.

Allora non lo sapevo, ma quando la sciamana diceva qualcosa, andava presa alla *lettera*. E siccome non era ancora sorto il giorno in cui mi sarei tirato indietro di fronte a una sfida, e siccome volevo proprio vedere la nonna tirare di boxe, con un furioso colpo d'ali tornai alla iurta.

Nel tragitto che portava dal ghetto a calle Diedo non ci fu testa che resistette alla tentazione di voltarsi per guardare la ragazza nel suo vestito svolazzante. Risuonarono apprezzamenti in tutte le lingue, i più fantasiosi in dialetto. Marciando alla massima velocità consentita dalle infradito che usava dopo la doccia, Lucilla si diresse al negozio dell'antiquario. Non erano il massimo, questo lo sapeva, ma sempre meglio delle puzzolenti scarpe da ginnastica. Poteva già sentirsi il cavallino in tasca... se solo il vestito avesse avuto le tasche. In compenso poteva contare su una borsetta di raso terribilmente leziosa, ma grande abbastanza da tenerci le chiavi di casa. Comunque era elegantissima, su questo non c'erano dubbi. Forse un po' eccentrica, ma Lucertola si combinava peggio di lei, da quel punto di vista. Quei fazzoletti sgargianti annodati al collo, quei pantaloni corti a scoprire le calze colorate, quelle scarpe lucide... Un vestito bianco con qualche perlina di sicuro non lo avrebbe scandalizzato. Peccato le andasse un po' grande, specialmente sul seno. E anche un po' lungo sulle ginocchia. Meglio così: non voleva che l'uomo si facesse strane idee. Desiderava solo quel lavoro e il cavallino di vetro che altrimenti non avrebbe potuto permettersi. Fiduciosa e ottimista, Lucilla spalancò la porta del negozio. Era un po' in ritardo, colpa di quello stupido fiore che non voleva saperne di infilarsi nello chignon e che le aveva fatto perdere almeno dieci minuti.

Lucertola la vide e quello che vide gli mandò il caffè di traverso. — Cosa ci fai vestita da sposa? — farfugliò, fra un colpo di tosse e l'altro.

Trovai la vecchia seduta a gambe incrociate. Si era tolta la giacca imbottita e se ne stava lì con gli occhi sbarrati, immobile e tremante. Il respiro si condensava in nuvolette candide perché, per essere estate, di notte c'era un freddo cane.

Non feci in tempo ad atterrare che la solita voce mi rintronò il cervello: — Sei pronto?

— Io sono nato pronto — risposi, atteggiandomi in una posa disinvolta: zampa sotto il mento, artiglio dell'indice destro nella narice sinistra. Lo ammetto: non vedevo l'ora che la nonna mi desse uno scapaccione, fratturandosi la mano. Ridacchiai im-

maginandola a rifilarmi una pedata dal medesimo risultato.
Ma niente di quello che pensai accadde davvero. Fu come beccarsi un fulmine tra le corna in una giornata senza nuvole. Un attimo prima la sciamana sedeva in mezzo al prato, quello dopo era un'orsa. E non si trattò di una trasformazione all'Incredibile Hulk, che si gonfiava a furia di grugniti, rompeva la camicia e diventava verde dando al nemico tutto il tempo di sfoderare un bazooka. La vecchia era cambiata sotto i miei occhi e l'operazione si era svolta in meno di un secondo. Per di più era diventata la bestia più colossale che avessi mai visto. Ritta sulle zampe posteriori era alta come un armadio. Ok, il pelo aveva qualche striatura grigia e parecchie cicatrici indicavano che aveva combattuto altre volte e non sempre le era andata alla grande, ma nel complesso restava un terrorizzante ammasso di muscoli, zanne e artigli in confronto ai quali i miei parevano petali di girasole. Spalancò le fauci e tirò fuori un bramito che mi raggelò tutta l'essenza.
Feci per imboccare una poco onorevole retromarcia, ma lei fu infinitamente più veloce. E sette quintali di implacabile violenza mi piombarono addosso. Ero a terra e colpivo alla cieca con il pugno libero, le ali spiaccicate sotto la gobba. Gocce di bava calda mi cadevano sul grugno mentre mi dibattevo senza speranza. Ero una patetica mosca nella rete di un ra-

gno enorme, peloso e carnivoro. Disperato, di colpo capivo che cosa provassero i piccioni quando mi ci sedevo sopra. L'orsa avrebbe potuto spezzarmi il collo con una zampata. Invece, per fortuna, decise di mangiarmi la faccia.

Lucertola capì che non si poteva fare affidamento sul senso dell'umorismo di Lucilla. Dovette saltare giù dalla sedia e afferrarle il polso per impedirle di scappare dal negozio. Era sicuro che, se l'avesse fatta andar via, non l'avrebbe più rivista. — Scusa, non volevo offenderti — disse quando riuscì a convincerla a non strillare tanto forte da richiamare la polizia. — Però sei vestita da sposa, devi ammetterlo.

Lucilla lo guardò con ostilità, ma rilassò le spalle. Un movimento impercettibile che non sfuggì all'antiquario.

— Sei vestita da sposa ma non vai a sposarti, altrimenti non saresti qui — continuò l'uomo, facendola sedere su una poltrona così bella e comoda che probabilmente, pensò Lucilla, era appartenuta a un doge. — Però ti arrabbi se qualcuno ti chiede perché sei vestita da sposa il giorno in cui non ti sposi. Una cosa è certa: hai un buon carattere. Per niente permaloso. Sarà divertente lavorare insieme.

Pur non avendone l'intenzione, Lucilla sorrise. Cercando di non farsi notare, accarezzò il velluto della poltrona. Le ricordava i mobili che aveva nella vecchia casa di Milano, quella dove abitava quando la sua era una famiglia felice. Suo padre aveva venduto ogni cosa prima di trasferirsi a Venezia. E tutto quello che materialmente le ricordava sua madre l'aveva addosso.

Lucertola nel frattempo era sparito nel retrobottega. Poco dopo ricomparve con un camice. — Indossa questo. Non vorrei che spolverando ti sporcassi il vestito.

— Allora comincio? — chiese Lucilla alzandosi a malincuore dalla poltrona.

— Sì, se mi darai un documento e il codice fiscale per poterti mettere in regola.

La ragazza abbassò lo sguardo. Si morse la lingua rimproverandosi per non aver pensato a una scusa.

— Non posso permettere che una sconosciuta giri per il mio negozio — disse l'antiquario. Aprì le braccia a indicare la quantità di oggetti preziosi. — Per quanto tu sia simpatica e carina.

— In fondo però non è un vero lavoro, lo faccio solo in cambio di un cavallo di vetro. E poi sono soltanto una ragazzina — obiettò Lucilla, cercando di assumere un'espressione innocente. Il problema è che non sapeva nemmeno da che parte cominciare.

Lucertola scoppiò a ridere, battendosi la mano sul ginocchio. — Sei irresistibile! Sembri un serpente che cerca di convincere un topolino a seguirlo. Forza, dimmi almeno come ti chiami.

Lei esitò un momento, poi dichiarò: — Lucille Monet.

— Come il pittore?

Poi, siccome lei non reagiva, l'antiquario andò di nuovo nel retrobottega, trafficò, spostò, sbuffò. Quindi tornò indietro con un volume dedicato alla pittura francese.

Lucilla sospirò, impaziente di sapere se la questione burocratica fosse data per risolta, e se il cavallino si fosse avvicinato di un passo alle sue tasche. Alzò lo sguardo e sussultò: la sua ricompensa era sparita! Lucertola sfogliava il libro con l'aria di chi ha tutto il tempo del mondo, nessun bisogno che entri un cliente e nessuna fretta di mettere al lavoro un aiutante.

— Dov'è il mio cavallo?

L'uomo sollevò gli occhi dapprima perplesso, poi divertito. — Non è ancora il tuo cavallo — rispose. — E comunque è nel retro, insieme a tanti altri oggetti di valore che possono sparire in una borsetta o sotto una gonna. Questo tanto per dire quanto creda all'identità di Lucille Monet.

Lucilla avvampò, ma fece di tutto per reggere lo sguardo di Lucertola.

— Bene — disse lui alla fine, mettendole il libro in mano. — Adesso vai di là. Spolvera tutti gli oggetti che trovi sulle mensole, dividi quelli fragili dagli altri e poi chiamami, ma solo se non sono con un cliente. In quel caso non fare un rumore, nemmeno un fiato.
— Perché? — chiese Lucilla, accigliata. — Non sono deforme né disonesta. Se deve vergognarsi di me, allora....
Lucertola fece un gesto nervoso con la mano. All'espressione divertita si sostituì una smorfia. — Qui si trattano affari di decine di migliaia di euro. Non tutti vogliono far sapere la propria disponibilità economica.
— Oh... — mormorò Lucilla. — Giusto, scusi.
— Non farmi pentire di averti offerto un lavoro — sbottò Lucertola, andando ad aprire la porta a una frotta di turisti giapponesi.
Alle sette e mezzo, Lucilla aiutò l'antiquario a chiudere il negozio. Salutò, augurò buona domenica e si allontanò nella canicola per tornare a casa. Aveva lavorato molto e si sentiva stanca, ma niente a confronto dello sfinimento che raggiungeva dopo le lezioni con il vecchio. Aveva spolverato almeno mille oggetti, uno più delizioso dell'altro. Statuette di porcellana, quadri minuscoli, soprammobili, ma soprattutto vetri: bicchieri, riproduzioni di frutta, specchi. Aveva le braccia intorpidite, ma la

testa leggera. Esattamente il contrario di come si sentiva di solito alla fine dei suoi pomeriggi di studio con Leo.

All'inizio, nel retrobottega pulito e ordinato come un ospedale, aveva esaminato ogni oggetto come se nascondesse qualcosa di pericoloso e infido, come se strofinandolo potesse saltare fuori un *jinn* arrabbiato o Belzebù in persona. Poi, dopo un po', si era stufata. Aveva accantonato in un angolo del cervello la storia che Leo le aveva raccontato sull'antiquario e deciso che, almeno per un giorno, non avrebbe pensato a niente di soprannaturale. Niente negromanti, maghi, spiritisti. Per un giorno avrebbe vissuto una vita normale, come una ragazza qualsiasi con un lavoro estivo e un sogno da realizzare. E l'esperienza era stata piacevole. Lucertola, se non era con un cliente, l'aiutava con l'inventario. Era buffo e gentile e quando la guardava non dava l'impressione di volerla mangiare con gli occhi, come facevano gli estranei. Né di volerla morta, come sospettava desiderasse suo padre. Con Lucertola era come stare con un Leo più giovane e più spensierato, senza tormenti o scheletri nella coscienza. Era quasi come stare con Ruth.

Quindi Lucilla era di buon umore, quando svoltò in una calle secondaria. A causa del caldo, il livello del canale si era abbassato di almeno mezzo metro scoprendo le pietre rivestite di muffa e alghe ormai secche. L'odore di decomposizione era insopportabile. Lucilla fece dietro front e si diresse alla fermata del vaporetto: non avrebbe fatto un passo di più su quel selciato rovente. Lucertola faceva bene a traslocare. Anche lei l'avrebbe fatto, al volo, se solo fosse riuscita a convincere suo padre. Chissà, si chiese la ragazza, forse se gli avesse consegnato la Clavicola, l'avrebbe lasciata andare via. Ma Leo l'avrebbe uccisa e la gargolla non l'avrebbe più ritrovata.

— Mi hai rotto un dente.
— Te l'ho detto io di mangiarmi la faccia? — protestai guardando la vecchia in cagnesco.
Eravamo seduti l'uno di fronte all'altra. L'alba stava sorgendo sulla taiga, incendiando di rosso il cielo. Milioni di moscerini ci svolazzavano intorno, le ali come minuscole scintille.
La vecchia sbuffò. — Quando sono il mio animale totem, ragiono come lui. Sono un'orsa, e gli orsi non vanno per il sottile quando hanno fame. Non distinguono della bella ciccia da un blocco di pietra.
— Allora non lamentarti — replicai voltandole le spalle. — Che cosa dovrei dire io? Mi hai sfregiato!

Ero furioso. Nel tentativo di divorarmi, quella bestiaccia mi aveva preso il grugno fra i denti e dato un bel morso. Lei ci aveva rimesso un dente, io guadagnato uno sfregio che andava dalla mascella all'orecchio. Non che prima fossi una bellezza, ma questo non significava che trascurassi il mio aspetto. Mi lucidavo le corna prima di andare a dormire e limavo gli artigli tutte le settimane.

La nonnina strizzò gli occhi, quasi stesse sorridendo ma non volesse darlo a vedere. — Senti, mettiamoci una pietra sopra — disse alla fine. — Io sono vecchia, non ho tempo da perdere. Scusa se ti ho sfigurato, vorrà dire che sarai più contento di diventare il tuo animale totem.

Oh, finalmente il discorso si faceva interessante. La maga si era decisa a spiegarmi il meccanismo. Grandioso! Dall'incontro con l'orsa non pensavo ad altro: come faceva a trasformarsi? Poteva scegliere l'aspetto che preferiva o c'erano delle limitazioni? Ah! Non vedevo l'ora di diventare uno sciamano.

Tornai a guardarla sfoggiando il mio miglior sorriso. — Certo, plantigrado culone e prevaricatore. Non pensiamoci più e parliamo invece del mio futuro.

Dall'espressione della nonna capii che non conosceva metà dei vocaboli che avevo usato. Peggio per lei: la prossima volta andasse a scuola, invece di azzannare gli ospiti.

— Noi sciamani utilizziamo il potere degli animali per guarire o per combattere — iniziò a spiegare la vecchia. Parlava senza aprire gli occhi, senza muovere un nervo, senza aprire la bocca. Chissà se potevo approfittare della trance per staccarle la testa dal collo, quando avessi imparato tutto quello che mi serviva. Non so se l'avete capito, ma non avevo proprio voglia di dimenticare lo sfregio, né il fatto che mi avesse sfidato a duello senza spiegarmi le regole.

— Come si scopre qual è il proprio animale totem? — chiesi. Ero talmente impaziente da non riuscire a tenere ferma la coda, che sbatteva a terra sollevando nuvole di polvere. — Posso trasformarmi di colpo? Magari mentre volo? Sai, non vorrei precipitare giù sotto forma di moffetta gigante.

— L'animale totem si rivela attraverso i sogni — spiegò la sciamana. — Solo dopo avviene la trasformazione. A quel punto si deve imparare a cadere in trance.

— Botta in testa?

— No. Di solito basta il suono dei tamburi, molto fumo nella iurta e danzare fino a perdere conoscenza. Ti insegnerò. Durante la trance lo spirito guida dice come guarire i membri della tua tribù, come risolvere delle dispute... molte cose. E quando sarai diventato bravo a capire quello che dice, potrai trasformarti nel tuo animale totem. Tutto chiaro?

— Chiarissimo, ottusa creatura dai piedi piatti. Quindi quello che devo fare è schiacciare molti pi-

solini e aspettare che il mio animale totem si riveli, giusto?
— Giusto. Allora, pace fatta?
— Pace fatta.
— Io mi chiamo Due Case — disse la vecchia. Era una donna saggia e sapeva che rivelare il proprio nome è un segno di grande fiducia.
— Molto lieto. Io sono...
— Ploc — fece lei. Di fronte alla mia espressione allibita, aggiunse: — So che il tuo vero nome è molto più significativo e complesso, ma visto che siamo diventati amici...

Potevo dirle che solo una persona sulla faccia della Terra poteva permettersi di chiamarmi Ploc? E solo perché per quella persona provavo un sentimento inconfessabile? Ovviamente no. Così misi da parte l'orgoglio in vista di un bene superiore.

Molte ore dopo, ignorando le mie proteste, la sciamana mi spalmò sullo sfregio una robaccia unta fatta di grasso, pappa reale ed erbe pestate. La sua crema di bellezza, immagino. Non servì a niente, se non a farmi sbollire il nervoso. Era tornata l'adorabile vecchietta di sempre. Non si aspettava che la servissi, andava a fare la legna da sola e tutte le volte che mi offrivo di portarla sulla groppa da qualche parte rifiutava con gentilezza e si sellava il cavallo. Uffa, dopo poche settimane già non avevo più voglia di staccarle la testa.

Rimasto solo, andai a cercarmi un bell'albero frondoso e mi appollaiai sperando di dormire. Mi stavo affezionando alla sciamana, conoscevo i sintomi. E sapevo per esperienza che i sentimenti possono boicottare anche i piani più geniali. Una notte, siccome non riuscivo a prendere sonno, mi alzai in volo a caccia di alveari. Un bel favo di miele avrebbe certo fatto piacere a lei e al famelico mammifero nel quale si trasformava, magari mentre dormivo. E poi chissà, magari l'impacco di bellezza alla lunga funzionava.

Leo l'aspettava fuori dal portone. Lucilla se lo ritrovò davanti con il cappello di paglia, il bastone da passeggio e una giacca blu che odorava di naftalina. La ragazza scosse la testa sperando di svegliarsi, ma il vecchio non sparì, quindi non era un incubo. Lucilla si sentì sprofondare. Contava di salire nel suo appartamento a cambiarsi, invece lui l'aveva preceduta. E poi si sentì vulnerabile. Indossava il vestito da sposa di sua madre, tutto ricoperto di perline e nemmeno della sua taglia, e delle stupide ciabatte di plastica. Si rese conto che il fiore penzolava appassito dallo chignon e lo gettò via con stizza. Leo l'avrebbe demolita a furia di battute sarcastiche, e lei non poteva sopportarlo. Le avrebbe rovinato l'unica giornata decente da anni.

Eppure non rallentò, nemmeno quando sentì le lacrime bruciarle gli occhi. Si morsicò la lingua a sangue e si piantò di fronte al suo maestro dicendo:
— Com'è elegante. Se non fosse tanto vecchio e solo, penserei che stia andando a un matrimonio.

Non aveva nemmeno finito di pronunciare l'ultima sillaba che si maledì. Era una battuta abbastanza cattiva da rivolgere al vecchio, ma allo stesso tempo gli aveva servito su un piatto d'argento una replica ancora più feroce. Infatti era lei quella vestita come per andare a un matrimonio. E sulla faccia della Terra non esisteva una ragazza più sola.

Invece Leo Wehwalt si limitò a sorridere. — Lo sai? — disse prendendola dolcemente sottobraccio. — Può darsi che io non resti solo per sempre. — Poi, siccome Lucilla aveva spalancato gli occhi e lo fissava come fosse impazzito, aggiunse: — I miracoli possono accadere.

Non è che ci fossi nato, io, con quel disgraziato aspetto. Ci fu un tempo, lontanissimo, in cui ero un leone di San Marco. Bellissimo e minaccioso. Tenevo il Vangelo sotto la zampa con fiero cipiglio, incutendo timore e riverenza ben oltre la Riva degli Schiavoni. Ero il simbolo del terrore dei mori, del rispetto di Costantinopoli, della sottomissione della Dalmazia. Poi arrivò in città quel nanerottolo di Napoleone. Armò una squadra di scalpellini e con quelli decise di togliere di mezzo tutti i simboli della Serenissima. Me compreso. Siccome, però, ero un gran bel pezzo di granito, fui spedito a Parigi. A colpi di mazzuolo mi trasformarono in una gargolla. Destinazione: il tetto di Notre-Dame. Utilizzo: sostituzione grondaia. Potevo cadere più in basso? Ma a quel punto, colpo di scena! Un alchimista decise di usarmi come cavia per un esperimento. Mi schiaffò dentro un angelo o un demone, recuperato attraverso non so quale evocazione, con l'intento di mandarmi sul campo di battaglia. Certo, la battaglia di Waterloo avrebbe avuto un altro finale se al mago non fosse venuto un coccolone. E come gli capitò? Merito mio, ma non scendiamo nei particolari. Basti sapere che a uno cui è venuto un infarto non va praticato un massaggio cardiaco con i piedi.

Da quel momento ho cercato per mare e per terra un mago che potesse ritrasformarmi in leone. Ecco perché ero finito a dividere i miei preziosissimi giorni con quella testa bacata di Giulio Moneta. Volevo tornare al mio aspetto leonino e per farlo ero disposto a tradire, mentire e rubare. Poi era successo che una fanciulla mi avesse guardato come se fossi bello anche se non lo ero. Per lei ero *unico*. Da quel giorno smisi di pensare al passato. Accantonai il sogno di rimettermi in testa la criniera e decisi che andavo bene così. Ma non era vero. Era bastato che una vecchia strega mi sventolasse sotto il naso la prospettiva di un cambiamento e voilà, ecco che pianificavo un'altra trasformazione, degna di un vero genio del male.

Lucilla e il vecchio passeggiarono fino a Fondamenta Nuove. Ci misero un secolo, perché Leo camminava penosamente lento e gli mancava il fiato. Per tutto il tempo, Lucilla dovette ripetere i nomi dei sette demoni con cui si era fissato il maestro. Li pronunciò prima in ordine di evocazione, poi in ordine alfabetico e infine al contrario. E non sbagliò mai, né apposta né involontariamente.

I due si appoggiarono con i gomiti al parapetto. L'aria fresca del mare era un sollievo dopo aver respirato a lungo i miasmi dei canali, talmente inquinati da dare l'impressione che a tuffarci un piede si potesse morire sul colpo. Lucilla osservava le isole all'orizzonte: San Servolo, l'isola dei matti; San Michele, l'isola dei morti. Il ricordo di Dimitri diventò bruciante. Nel petto, la ragazza sentiva una pietra rovente che pesava e si ingrossava fino a tagliarle il fiato in gola. Ricordava benissimo i suoi capelli leggeri, la cicatrice sul sopracciglio, quel suo modo di sorridere muovendo appena le labbra. E la stretta della sua mano. Doveva farla pagare a Leo, subito. Si voltò, e si accorse che il vecchio piangeva. Lei ricacciò il groppo in gola e non disse niente.

Fu Leo a parlare. — Dobbiamo seppellirlo.

— Non abbiamo idea di dove sia il suo corpo. Per quel che ne sappiamo, quegli zombi potrebbero averlo divorato e...

Leo scuoteva forte la testa e le lacrime andavano in tutte le direzioni. — Non mi riferivo al suo corpo. Io intendo nel nostro cuore. Lasciamolo andare, è passato tanto tempo. Tu devi vivere, e io devo morire.

— Che cosa sia meglio, il dio solo lo sa — concluse la ragazza.

Leo si asciugò le guance. — Hai citato il testamento di Socrate — mormorò. — E hai appena quindici anni. Non è normale. Non è un bene... — Le lasciò il braccio e tornò a guardare il mare, le onde che si infrangevano a pochi passi da loro.

— Per questo mi ha portato qui? — chiese freddamente Lucilla. — Per seppellire il passato?

Leo si strinse nelle spalle. — Non credo sia possibile. E nemmeno lo voglio. Però mi sto convincendo che nessuno, uomo o donna, sia in grado di custodire la Clavicola di Salomone. I rischi sono troppi.

Lucilla restò immobile, ma Leo si accorse che il viso di lei era sbiancato. Voleva dire che la rabbia stava superando il livello di guardia, ciononostante il vecchio continuò. — Negli ultimi mesi mi sono reso conto che, proprio perché non sono riuscito a proteggere Dimitri, devo almeno tentare di salvare te.

— Non la userò mai — protestò Lucilla. — Mi limiterò a impedire che lo faccia qualcun altro.

Leo sospirò e si passò una mano tremante fra i capelli. — Tu? Ma se hai solo...

— Sì, lo so — strillò Lucilla. — Sono giovane, e allora? La regina di Saba non era certo una vecchietta quando sedusse Salomone. E se è vero che lui le affidò lo zaffiro con tutte quelle formule incise sopra, voleva dire che la giudicava in grado di occuparsene.

Leo non replicò. Fissò l'orizzonte e respirò a fondo. Poi le posò la mano sul braccio. — Sai una cosa? — disse con un tono lontano e assorto, quasi si fosse appena svegliato da un sonnellino.

Lucilla scosse semplicemente la testa, pregando che il momento di tornare a casa arrivasse presto.

Leo, però, sembrava in vena di confidenze. — Sai, ho sempre sognato di vedere il mondo.

— Ah.
— Già, avevo pochi anni più di te quando decisi di imbarcarmi su un piroscafo diretto in Argentina. Il tango, le strade di Buenos Aires, i *gauchos* a cavallo...
— Mmm...
— Poi scoprii che mia sorella era la custode della Clavicola, che il rabbino l'aveva giudicata migliore di tutti noi.

Questa frase risvegliò l'attenzione di Lucilla. Sapeva che parlare di Ruth costituiva un dolore lancinante per il vecchio. Quindi valeva la pena prestare attenzione e bersi ogni sillaba.

Lui nel frattempo aveva abbassato la voce e diceva: — Così decisi di restare e dimostrare quanto fossi in gamba. Mi buttai sui testi sacri, studiai tutto quello che studiava lei, senza mai arrivare nemmeno all'orlo della sua veste. Ora so che avrei dovuto accettare che Ruth fosse più in gamba di me e partire. Bastava che andassi in calle dei Marrani, la conosci? I veneziani vanno lì quando sono stanchi della loro vita e vogliono trovarsi in altri posti e in altre storie. Bastava fare quello e, chi lo sa, magari adesso sarei un ricco mercante di Shanghai, Dimitri sarebbe ancora vivo e tu avresti la speranza, un giorno, di indossare un vestito da sposa tutto tuo.
— Lanciò a Lucilla uno sguardo penetrante, che lei sostenne anche se era talmente azzurro e vibran-

te da sembrare carico di elettricità come un fulmine. Alla fine, però, Leo aggiunse soltanto: — Adesso torniamo indietro, vuoi?

A pochi metri di distanza, in uno squero abbandonato, un uomo vestito di scuro alzava gli occhi dal libro che stava leggendo. Posò le mani sulle pagine, e il papiro leggerissimo di cui erano fatte scricchiolò. — Mi è sembrato di sentire la voce di mia figlia — disse.
Da un angolo in ombra si alzò una figura, magrissima e con le ossa in vista. Barcollò fino a un punto della parete dove le assi formavano delle fessure e guardò fuori.
— Togliti di lì — sibilò la voce di Giulio Moneta. Mentre si alzava, la falda della giacca nera sollevò una nuvola di polvere. — Potrebbero vederti.
— E anche se fosse? — replicò la figura senza spostarsi di un millimetro. — Qualcuno potrebbe riconoscermi?
— Allora perlomeno stai zitto — brontolò l'alchimista. — La voce non sarà cambiata.
La figura si strinse nelle spalle, operazione che fece venire il voltastomaco a Moneta.
L'uomo riabbassò la testa sul libro, borbottando.

Dopo un minuto, siccome il suo compagno non si levava dallo spiraglio, sospirò e disse: — Non capisco il significato di questo geroglifico. Tu che ne pensi?

Il corpo si avvicinò. Giulio Moneta si sforzò di trattenere il fiato, ma senza grandi risultati. L'odore era orribile, nauseante e impossibile da ignorare. Quello che un tempo era stato un ragazzo avvicinò la faccia alla guancia del negromante. Moneta si scoprì a respirare affannosamente. Quella *cosa* poteva morderlo, poteva...

Invece la cosa sussurrò: — Significa "trovo la vita oltre la morte". È un geroglifico creato dal faraone Hor-Aha nel 3100 avanti Cristo. Peccato che fu ucciso dagli ippopotami prima di capire come riuscirci.

— Mmm, già... — mormorò Moneta, ma la sua voce terribilmente nasale non passò inosservata.

— Se vuoi impadronirti di questa città, ti converrà diventare meno schizzinoso — ammonì la creatura. — E adesso finisci di studiare il Libro di Thot e vediamo di organizzare la cerimonia.

— Non mi piace prendere ordini — disse Moneta. — Devo rammentarti che è solo grazie a me se adesso siamo qui a parlare?

Il mostro abbassò la testa. — Ma certo, caro socio. Il mio era solo un invito mal formulato.

Moneta gli rivolse uno sguardo pieno di alterigia.

— Una volta avevo un servo che si credeva il mio socio. Mi ha tradito, e io lo sto ancora aspettando per pareggiare i conti.

— A volte sembri dimenticare con chi stai parlando — ringhiò la creatura.

Moneta drizzò la schiena. — Ti sbagli, so benissimo chi sei. Tu sei quello che, in cambio di ciò che desidero di più, pretende ciò che amo di più.

La creatura non tentò nemmeno di soffocare una risata. — Amore? Questa è bella! Senza offesa, tu sei il tipo d'uomo che ama più la propria ombra del suo stesso sangue. E ora, se abbiamo terminato con le confessioni, proporrei di tornare allo studio.

Mi stavo riempiendo la bocca di moscerini a furia di stare nella taiga con nonna orsa, e neanche l'ombra di un progresso. D'accordo, forse dopo un miliardo di assaggi il montone bollito poteva anche diventare digeribile. Ok, lo spettacolo delle mandrie di renne che scendevano dalle montagne, le groppe lucenti sotto la luce della luna, poteva anche commuovere un cuore di pietra come me. Idem per le albe e i tramonti e i laghi incontaminati e le verdi valli eccetera, eccetera, eccetera.

Io, però, aspettavo un segno. Un sogno, anzi, che

non arrivava. E mentre io friggevo, la strega si abituava alla mia compagnia. Credo segretamente che stesse rinunciando all'idea di un successore, accontentandosi di un amico. Andavamo a caccia insieme e mi secca dirlo, ma con i caribù quell'orsa era dannatamente brava. E di sera, davanti al fuoco, mi grattava il groppone con una frasca di betulla raccontandomi favole che non capivo. Io accompagnavo le sue trance suonando il tamburo e illudendomi che la mia vita potesse cambiare. In quelle occasioni la iurta si riempiva di così tanto fumo da farmi lacrimare. Avremo tentato decine di volte, ma non c'era verso che cadessi a terra, roteassi gli occhi e ricevessi la visita di uno spirito guida. La strega mi ripeteva di non perdere la fiducia. Io, però, stavo perdendo la pazienza.

Leo Wehwalt si fece lasciare su una panchina non lontano dalla piazza principale del ghetto. Lucilla non si era fatta pregare, gli aveva dato appuntamento per l'indomani e si era allontanata svelta, una freccia bianca nella folla multicolore dei turisti. E fu proprio da quella massa di persone sudata e chiassosa che si staccò una signora. Puntò la panchina del vecchio, indicò lo spazio libero alla sua destra e, ricevuto un cenno di assenso, estrasse dalla borsetta un fazzolettino con il quale pulì accuratamente il sedile prima di accomodarsi. Lucilla, che aveva notato la manovra, si voltò a guardare. Leo la salutò con la mano, mentre la signora le rivolse un sorriso cordiale. Lucilla alzò le spalle, girò sui tacchi e sparì.

Passarono alcuni minuti, durante i quali la signora si ritoccò il trucco e aggiustò sul naso gli occhiali da sole.

— Sei sempre il migliore — disse Leo.

— Grazie, lo so — rispose la signora, con una voce in falsetto. — Altrimenti non ti saresti rivolto a me.

— Giusto. Come va il club?

La signora iniziò a sventolarsi con una cartolina. Evidentemente la domanda la innervosiva.
— Chiude.

— Non lo sapevo — si affrettò a dire Leo. — È un peccato, il tuo numero vestito da principessa Leyla era sensazionale.

— Non fa niente. Tanto gli spettacoli *en travesti* non hanno più il successo di una volta. Poi sto invecchiando e il clima di Venezia mi uccide. Appena finito l'inventario lascio il negozio e chiudo casa. Ho già un compratore per tutti e due.

Restarono in silenzio per un po', osservando l'andirivieni delle persone. Ognuna aveva qualcosa che

colpiva l'attenzione della signora, che la seguiva attentamente con lo sguardo.
— Ma non tiene caldo quella parrucca? — domandò Leo.
— Oh, è una tortura! Ma conosci il motto...
— "Chi bella vuole apparire, un po' deve soffrire." Non l'ho mai sopportato.
La signora gli diede un buffetto con la cartolina.
— E io non ho mai capito perché tu ci tenessi tanto a somigliare a tua sorella. Non sei mai venuto al club e sembravi divertirti meno di zero. Ma ognuno ha i propri fantasmi...
Leo stiracchiò un sorriso ripensando a quanto odiasse depilarsi e truccarsi e sforzarsi di parlare con una voce femminile. — Credevo fosse una buona idea — disse. — Ma parlami della ragazza.
— È deliziosamente antipatica, ma si dà molto da fare e poi mi fa tenerezza, sembra una pianta assetata di bellezza, di gentilezza... una parola cortese basta a farle risplendere il viso. Mi chiedo che razza di famiglia... — Lasciò la frase in sospeso per dare a Leo il tempo di intervenire nella conversazione. Poi, siccome il vecchio si ostinava a fissarlo senza fiatare, continuò: — Be', comunque avevi ragione: come ha visto il cavallino di vetro ha accettato il posto.
— Conosco i suoi gusti.
La signora avvicinò la bocca all'orecchio di

Leo. Così da vicino, si notava un graffio sopra il labbro.

— Dovresti stare più attento mentre ti radi — sussurrò il vecchio. — Me lo raccomandavi sempre.

La signora si affrettò a cercare nella trousse dei trucchi qualcosa con cui mascherare la ferita, poi disse: — Quello che vorrei tanto sapere è che cosa le hai detto sul mio conto. Maneggia ogni oggetto, persino la più stupida delle cornici, come se fosse una bomba.

Leo sorrise. — Le ho detto che non sei un antiquario come gli altri. Le ho confessato che sei in un giro di messe nere e le ho raccomandato di stare molto attenta... È curiosa come una scimmia e in questo modo non mollerà il lavoro da te per niente al mondo e io me la leverò dai piedi per il tempo necessario.

La signora scoppiò a ridere. — Sei tremendo! Non potevi dirle che non avevi più bisogno di lei? Potrebbe trovarsi un altro vecchietto al quale tenere compagnia, magari un po' meno odioso di te.

— Lo farò, al momento opportuno.

La signora si alzò, sistemò la gonna e tese la mano perché Leo la stringesse. — Ora devo andare.

— Ciao.

Per una frazione di secondo la signora sembrò esitare, poi prese un bel respiro e disse: — Sono un po' preoccupato per te, Leo.

— Davvero? — chiese il vecchio, meravigliato.
— Perché?
— Perché nessuno ringiovanisce, mio caro. Io sto traslocando, il ragazzo che si occupava di te è sparito e adesso stai allontanando anche questa Lucilla. Se ti accadesse qualcosa, io non lo verrei mai a sapere. Non so nemmeno dove abiti.

Leo inclinò appena la testa prima di parlare. — Siamo diventati amici? E da quando? Perché ti preoccupi per me?

La signora ignorò il tono sospettoso e terribilmente sgradevole del vecchio, e spiegò: — Perché siamo due esseri umani, entrambi molto soli. Perché mi hai regalato un libro che vale un patrimonio in cambio di qualcosa che insegno gratis tutte le sere al club a chiunque abbia voglia di imparare. Ti basta?

Leo strinse la mano che gli era stata offerta. — Ti ringrazio, ma presto verrà a vivere da me il nipote di un caro amico. Per questo voglio che la ragazza impari un mestiere. Magari le verrà voglia di seguirti dove accidenti andrai a vivere.

— Capisco — disse la signora e fece per allontanarsi.

— Anzi — aggiunse Leo con inaspettato trasporto. — Fammi una promessa, vuoi? Promettimi che non l'abbandonerai.

— Scherzi, vero? La conosco appena.

Leo lasciò la mano, ma non abbassò lo sguardo. —

Ti sembro uno che scherza? In cambio, quando morirò erediterai la mia collezione di libri antichi.
— Una collezione andrebbe valutata. E tu potresti morire fra cent'anni.
— No, e ancora no. Fidati.

Se c'era una cosa che Lucilla aveva imparato, negli ultimi mesi, era essere disonesta. Aveva imparato a non fidarsi di nessuno, a mentire a tutti e ad approfittare di ogni occasione. Ma non stava pensando a quello mentre apriva l'appartamento di Leo con un doppione della chiave fatta a sua insaputa con un calco di cera e una bella mancia al fabbro. Tolse dalla borsetta il cavallino sottratto dal negozio dell'antiquario e si sistemò in poltrona. Aveva poco tempo, Leo sarebbe rientrato da un momento all'altro. Sfilò anche la donna di picche e, usando il lato tagliente, si mise a incidere il dorso del cavallino. Ricordava i simboli sulla Clavicola a memoria, ma non era importante che fossero proprio uguali, tanto il vecchio non ci vedeva quasi più. Chiuse gli occhi e passò le dita sul cavallo blu rubato. Sorrise. Sì, al tatto era difficile cogliere la differenza. Rivoltò la borsetta, la passò sotto il cassettone finché non fu coperta di polvere, poi la agitò sopra il cavallo in modo che risultasse impolverato quanto gli altri. Poi afferrò la vera Clavicola, la mise nella borsa e si precipitò fuori. Si sentiva un verme, perché Lucertola era stato così gentile con lei, ma sapeva di aver fatto bene. Leo stava dando i numeri e se sperava che lei non si fosse accorta delle tracce di gesso sotto le unghie e dei segni sul pavimento coperti alla bell'e meglio dal tappeto, be', poteva star fresco. Il vecchio stava evocando qualcosa e non si fidava abbastanza di lei per dirglielo. Peggio per lui. A Sensi avrebbe detto che aveva preso il cavallino perché temeva che glielo vendesse sotto il naso. Lunedì sarebbe tornata a lavorare, no? Quindi lui non ci aveva perso niente. E il talismano adesso era in mano sua, ed era salvo.

Stava per convincersi di avercela fatta, quando andò a sbattere contro suo padre. Era sulla soglia, con le borse della spesa in mano e la giacca piena di ragnatele. La fissò a bocca aperta. Se c'era una cosa che suo padre le aveva insegnato era che mai, per nessun motivo, si doveva ricordare sua madre, colpevole di averli abbandonati. Ecco perché Lucilla, col vestito da sposa della mamma, se avesse potuto avrebbe usato la Clavicola per proteggersi dall'ira di suo padre. Si coprì la testa con la mano libera, quella che non stringeva la borsetta, e fece un passo indietro. Forse poteva correre via e nascondersi a Malamocco. Forse, se avesse lasciato passare un paio di giorni, suo padre si sarebbe calmato. Non le avrebbe rinfacciato di volere più bene a sua madre, sebbene l'avesse piantata in asso per correre ad ammazzarsi contro un muro, invece che a lui. Forse non avrebbe insinuato tutti i sordidi motivi per cui la mamma stava scappando via, e che implicavano sempre altri uomini, sapendo – ed era la cosa peggiore – che lei non poteva più difendersi da quelle accuse, ogni volta più dettagliate e volgari.

In quell'occasione, però, l'alchimista fece cadere le borse, dimenticò le chiavi nella porta e corse ad abbracciarla. — Sarai una sposa bellissima — sussurrò.

Stavano cadendo i primi fiocchi di neve quando vidi arrivare nonna orsa. Sembrava una mietitrebbia lanciata al galoppo. Pensai che stesse fuggendo da un cacciatore e feci per spalancare le ali e volarle incontro a proteggerla, quando mi accorsi che nessuno la minacciava. Correva come se avesse la coda in fiamme solo per arrivare prima da me. Non feci in tempo a chiedermi "perché?" che quella massa di grasso, muscoli e pelo mi aveva sbattuto a terra. Un secondo dopo si era trasformata nella mia dolce vecchina e mi fissava ardentemente negli occhi (senza per questo, però, smontarmi dalla pancia). — Devi tornare a casa tua, a Venezia! — mi strillò in testa con il solito sistema. — La nostra amica è in pericolo!

Nostra?

Lucilla si chiuse in camera sua, lasciando suo padre fuori dalla porta a picchiare i pugni contro lo stipite. Si stancò in fretta ma, con grande delusione di Lucilla, promettendo una gita al Palazzo dei Dogi per il giorno successivo. E si moriva di caldo! Ah, se solo avesse potuto imprigionare suo padre nei Piombi! Non le veniva in mente una punizione migliore che mandarlo ad arrostire, per aver deciso la sorte di sua madre senza nemmeno chiederle che cosa ne pensasse, per averle impedito di parlare di lei, di nominarla o anche solo di tenere un suo ricordo. Aveva fatto a pezzi il suo ritratto, gettato dalla finestra i vestiti, venduto i gioielli. Tutto perché lei aveva osato lasciarlo.

Lucilla si sfilò il vestito, lo piegò e lo avvolse di nuovo nella carta. Poi si buttò sul letto in mutande e canottiera sotto il getto del ventilatore. Il fatto che suo padre non le avesse riempito la faccia di schiaffi per aver non solo sottratto il vestito, ma averlo addirittura indossato, era un mistero. Che fosse rinsavito era fuori discussione, si disse la ragazza rigirandosi nel letto in cerca del lato più fresco. C'era stato un momento, subito dopo la sua de-pietrificazione, in cui sembrava essere diventato più affettuoso. Per un po' lei aveva sperato che le raccontasse la verità, che le spiegasse che era un alchimista, pietrificato da un altro alchimista. Lucilla aveva aspettato e aspettato, ma lui le aveva raccontato un sacco di bugie su una malattia neurovegetativa causata da esalazioni chimiche. La prendeva per scema. Eppure lei gli aveva confessato di aver scoperto il suo laboratorio, di sapere la differenza fra un vaso e un matraccio, di conoscere Paracelso e l'esistenza della Clavicola di re Salomone. Se le avesse fatto capire di voler chiudere con quello schifo di esistenza fatta di sotterfugi, inganni, menzogne, forse lei avrebbe lasciato il talismano a Leo per ricominciare con lui da un'altra parte. L'avrebbe perdonato. Giulio Moneta, però, aveva continuato imperterrito la sua doppia vita. Chimico di giorno, negromante di notte. Così, anche se a volte tornava a casa per cena e cucinava per tutti e due, la ragazza sapeva che suo padre non si fidava di lei, né aveva intenzione di cambiare. Se il cappotto di tuo padre sa di assafetida e di incenso, ha bruciature dappertutto e pergamene macchiate di sangue infilate nelle tasche, c'è da credere che lui stia trafficando con la magia nera. Che sia coinvolto in faccende pericolose e malvagie. Ragione per cui Lucilla aveva iniziato a prendere lezioni di alchimia da Leo, in gran segreto. Doveva difendere la Clavicola, e il principale candidato come nemico numero uno era suo padre. Poi c'era stata la morte della mamma, e il comportamento di suo padre era stato un modello di insensibilità e freddezza. Quello aveva chiuso ogni possibilità di dialogo. Così adesso, come un galeotto, Lucilla segnava i giorni che la separavano dalla maggiore età. Novecentocinquantuno. Mancavano pochi secondi a mezzanotte, quindi presto sarebbero stati novecent...

In quel momento un lampo azzurro si rifletté sul soffitto. Non si udì alcun tuono, però, né un botto. In effetti non minacciava pioggia, né c'erano fuochi d'artificio, e nessun motoscafo della polizia stava passando nel canale sottostante con il lampeggiante acceso.

"Accidenti" pensò Lucilla balzando a sedere sul letto, mentre un sudore freddo le imperlava il collo. Leo era riuscito a evocare un demone!

Parte Seconda

Ero aggrappato con le unghie e con i denti al carrello di uno scassatissimo Tupolev. Ormai stavamo volando da un botto di ore ed ero ricoperto di ghiaccio dalle corna alla coda. Ogni cinque minuti dovevo sgranchirmi le zampe per evitare di addormentarmi o di congelarmi e schiantarmi al suolo come un meteorite. Certo, la mia coscienza sarebbe sopravvissuta, ma chi vuole trascorrere il resto dell'eternità sotto forma di ghiaino? Mi strinsi un po' più forte alla carlinga e mi ritrovai a sghignazzare. Effetto della mancanza di ossigeno o dell'espressione del tizio in colbacco d'astrakan quando mi aveva visto arrancare sull'ala? Io stavo solo evitando di farmi tritare dall'elica, incidente che si sarebbe immediatamente trasformato in tragedia, ma dubito che il tipo abbia apprezzato il mio scrupolo. Cribbio, adoravo quell'espressione! Terrore misto a sconcerto. La hostess, una matrona slava con due spalle così, gli aveva passato una bottiglia di vodka convincendolo, probabilmente, che aveva avuto le allucinazioni. Ah ah! Volare a quella quota costituiva un rischio, certo, ma era anche piuttosto divertente (finché non aveva iniziato a nevicare) e poi non avevo tempo da perdere. In preda a un'agitazione incontrollabile, la sciamana mi aveva scortato a cavallo fino a un minuscolo aeroporto dimenticato nella taiga. Lì avevo aspettato che questo velivolo antidiluviano decollasse verso Vladivostok, dove avrei preso la mitica Transiberiana. Sempre che l'aereo non atterrasse a Ulan Bator. Sempre che atterrasse. Più lo guardavo, e più velocemente i bulloni si sfilavano dai relativi alloggiamenti e pezzi di lamiera si accartocciavano come fogli di carta. Aprire le ali ghiacciate a quella velocità, però, significava trasformarsi in un missile suicida. Smisi di fissare i bulloni e tentai di concentrarmi sulla missione. La vecchia aveva parlato chiaro: Lucilla era in pericolo. Anche se il suo animale totem non aveva saputo dirle da chi dovesse stare in guardia, ce n'era abbastanza perché mi precipitassi a casa.

Sospirai pensando a nonna orsa e ai lacrimoni che le scendevano sulle guance vedendomi partire. Si era messa tutta in ghingheri, con il *deel* colorato, gli orecchini a forma di uccello e una simpatica collana di teschi di roditore. Mi aveva costretto a guardare per lunghissimi, preziosissimi minuti la pianura punteggiata dalle prime chiazze di neve e il profilo delle montagne all'orizzonte, così che sapessi ritrovare la sua iurta a missione compiuta. Non che ce ne fosse bisogno: avrei riconosciuto quel paradiso anche fra mille anni. Se avessi potuto sollevare un artiglio, ma non l'avrei fatto per non correre il rischio di venir spazzato via, avrei stretto il ciondolo che mi aveva regalato: un dente d'orso. Credo uno dei suoi, quello caduto durante il nostro duello. Non era mai successo che una maga mi regalasse qualcosa. Ammettiamolo, la sciamana mi amava e, per assurdo che fosse, mi amava ancora di più da quando aveva scoperto che non ero io il suo erede, che ero un banale messaggero con il dono della telepatia. Sì, avete capito bene. La mia seconda opportunità di trasformazione era sfumata. Dannazione, dannazione, dannazione!

Lucilla era convinta che si dovesse ridefinire il concetto di tortura. Era sicura che strappare le unghie e costringerti a non dormire e le scosse elettriche sotto i piedi non fossero tutto. Nel conto andavano inserite la filippica, orologio alla mano, sul valore del tempo e le gite culturali insieme a suo padre. Aveva simulato un attacco di appendicite per convincerlo a lasciarla a casa, ma Moneta non aveva abboccato, obbligandola ad alzarsi e vestirsi. Per l'occasione Lucilla aveva indossato pantaloni sformati, una maglietta della quale non si distingueva più il colore originario e un muso lungo da primato. Mentre camminava a testa china un passo dietro suo padre, osservò con interesse le famiglie normali – sebbene dubitasse che esistessero – quelle dove i figli hanno voglia di rivolgere la parola ai genitori, per quanto imbarazzanti siano.

Giulio Moneta, vestito di nero come un beccamorto, passò di proposito fra le due colonne con i leoni in piazza San Marco proprio perché tutte le guide dicevano che farlo portava sfortuna. Allontanò a calci i piccioni e prese a camminare verso la Riva degli Schiavoni. Aspettò che Lucilla lo raggiungesse e le afferrò la mano prima che lei potesse sfuggirgli. — Ti piacerebbe abitare lì, vero? — chiese indicando con il mento il Palazzo dei Dogi.

Lucilla conosceva a memoria ogni sala (comprese quelle di tortura), ogni quadro, il ponte dei Sospiri, i Piombi e la Sala del Maggior Consiglio, eretta dagli egregi costruttori di navi dell'Arsenale. Tutto la lasciava indifferente. In quella struttura meravigliosa, rosa come un confetto e che pareva in procinto di spiccare il volo tanto leggiadra era la facciata, Lucilla vedeva solo l'ostentazione dei ricchi e l'arroganza dei potenti. Si sentiva male al solo pensiero di aggirarsi per quella processione di stanze dove in tanti avevano conosciuto gli artigli del leone, la spietata giustizia della Serenissima. Le pareva di udirne ancora i lamenti, le suppliche, le bestemmie. Nemmeno si accorse che le girava la testa.

— Non stai bene? — le chiese Moneta afferrandola per il polso. — Entriamo, fa caldo qui fuori.

Lucilla obbedì perché non poteva fare altro. Suo padre era innamorato di quel palazzo. Si inventava storie in cui processava i capi della fabbrica dove lavorava e raccontava le sofferenze che gli avrebbe inflitto. Nelle sue fantasticherie incarcerava anche i mendicanti, i privi di gusto nel vestirsi e chi politicamente non la pensasse come lui. Immaginava la goduria che gli avrebbe procurato vederli incatenati nelle carceri roventi in estate e piene di topi d'inverno. Lucilla pregava tutti i giorni che suo padre non riuscisse mai a impadronirsi della Clavicola, altrimenti non avrebbe avuto altra scelta che avvelenarlo per il bene dell'umanità.

Al termine della visita, che durò un'eternità anche se i due avevano già visto tutto molte altre volte, Giulio Moneta batté le mani ed esclamò: — Quando sarò doge, mi farò portare qui la Cattedra di San Pietro! Oh, come ho fatto a non pensarci! Corriamo a rivederla!

Lucilla alzò gli occhi al cielo, ma non protestò. Contava i minuti che la separavano dal ritorno a casa. Doveva vedere con i suoi occhi il demone evocato da Leo Wehwalt prima che quel vecchio balordo decidesse di rispedirlo all'altro mondo, e qualsiasi cosa la tenesse lontana da quel momento costituiva un supplizio. Per fortuna aveva avuto l'intuizione di mettere al sicuro la Clavicola. Frugò con noncuranza all'interno dello zainetto. Sentì sotto le dita la superficie fredda del vetro e immediatamente le ritrasse. Aveva il terrore di scatenare il potere del talismano, come aveva fatto a San Michele. In fondo al cuore sapeva di non essere ancora in grado di maneggiarlo. Un giorno, forse, se fosse diventata saggia come Salomone il Magnifico. Al momento, però, aveva da poco compiuto quindici anni, odiava suo padre, avrebbe tanto voluto vendicarsi di Leo e, se avesse rincontrato il mastino di pietra, gli avrebbe spezzato le corna per punirlo di averla abbandonata. Non era un modello di saggezza, doveva ammetterlo. Si ficcò in bocca una gomma da masticare e si guardò intorno. Non vedeva niente e nessuno di sospetto. La Clavicola, avvolta in un anonimo fazzoletto, era a cuccia in fondo allo zaino. Con un sospiro di sollievo, che suo padre scambiò per impazienza, si rassegnò a seguirlo alla basilica di San Pietro per vedere il suo futuro trono.

La Cattedra era uno scranno di pietra finemente decorato con iscrizioni arabe e due stelle a sei punte. Si dice che in origine fosse una pietra funebre, successivamente trasformata in sedia per l'apostolo Simon Pietro, vescovo di Antiochia. Nessuno sapeva chi l'aveva portata a Venezia e perché, ma tanti sembravano convinti che le scritte contenessero le indicazioni per recuperare la Clavicola di Salomone. Ecco perché suo padre si era fissato con quella sedia titanica e dall'aspetto scomodissimo. Sbuffando, Lucilla si lasciò trascinare giù dalle imponenti scalinate del Palazzo dei Dogi. Con tutte le disgrazie che aveva, ci mancava un padre pazzo.

Erano anni che sognavo di viaggiare con la Transiberiana, il treno che attraversa il Paese più grande del mondo e che immaginavo carico di avventurieri, spie e belle donne. Mi spiace dirvi che per tutto il viaggio, lungo come la fame e perlopiù incastrato fra due scompartimenti, non vidi che trafficanti, contrabbandieri e cimici. Il tetto, dove amavo stare durante gli spostamenti in treno, era perennemente occupato da loschi figuri dediti ai più sordidi traffici. Per di più, da quando l'Unione Sovietica era ritornata una galassia di Stati autonomi, i controlli di frontiera erano frequenti come i brufoli sulla faccia di un adolescente. Il che significava un continuo saltare giù, atterrare senza farsi notare, nascondersi, tramortire controllori e zompare sull'ultimo vagone mentre il treno aveva già ripreso velocità. Il tutto approfittando delle peggiori condizioni climatiche possibili: è risaputo, infatti, che nebbia, pioggia e neve rendono i doganieri più disposti a starsene chiusi davanti a una stufa che fuori a ispezionare ammassi di ruggine e umanità nervosa, stanca e in cattive condizioni igieniche. Per di più, nonna orsa si metteva in contatto con me nei momenti peggiori, urlandomi nella testa proprio quando cercavo di appiattirmi sotto un vagone per schiacciare un pisolino. Quindi decisi di darle una regolata. Non avevo mai avuto una mamma, a meno di non voler considerare genitore un'eruzione vulcanica. Se la faccenda non vi è chiara, andate a leggervi come nascono le rocce. Insomma, per tornare ai miei rapporti con la sciamana, non avevo proprio voglia di tollerare qualcuno che mi invitava a mettere le mutande di lana alla mia età e con la mia esperienza. E diciamo pure che l'aver scoperto che non era me che aspettava, che non io mi sarei trasformato in un potente sciamano nella taiga selvaggia mi aveva fatto girare le scatole.

— Come va? Sei arrivato? Che tempo fa a Venezia? Piove? — strillò nonna orsa in piena notte, mentre io cercavo di scavalcare in punta di piedi un delinquente uzbeko.

Per poco non cascai giù dal vagone. Notai con dispunto che mi ero spezzato un artiglio e che avrei dovuto spuntarlo di un pezzo per farlo tornare bello aguzzo. Cribbio, come odiavo quel vizio di strillarmi nel cervello!

— Brutta strega incartapecorita, adesso basta! Se ti azzardi a urlarmi ancora in testa, volo indietro e ti strangolo nel sonno.

Silenzio. A parte lo sferragliare del treno e il russare dell'uzbeko.

— Nonnina? Buona vecchina? — tentai, improvvisamente allarmato. Accidenti, accidenti e accidenti! Nonna orsa si era offesa. Il sospetto che da lì in poi avrei dovuto cavarmela da solo, come al solito, mi travolse. Maledizione alla mia linguaccia. Avrei mai imparato a trattare con le donne? Con un brivido, capii che l'avrei scoperto presto e che non era affatto detto che la risposta mi sarebbe piaciuta. Ormai eravamo a poche migliaia di chilometri a Trieste. Da lì alla mia adorata pupattola, probabilmente cresciuta di una spanna e già con il reggiseno, mancava poco e io, me ne rendevo conto soltanto in quel momento, ero totalmente impreparato all'incontro.

Riuscì a liberarsi di suo padre solo nel tardo pomeriggio, dopo aver visitato la basilica di San Pietro in Castello e pranzato in un ristorante carissimo e pretenzioso che suo padre venerava come un tempio. In considerazione delle cifre che Giulio Moneta lasciava fra conto e mance, il cuoco usciva dalla cucina tutte le volte per ossequiare l'uomo elegantissimo e la figlia vestita come uno spaventapasseri, ma talmente bella da tramortire. Lucilla avrebbe potuto dimostrarsi più gentile con quell'uomo e con i camerieri che le sorridevano, ma si trovava molto a proprio agio nei panni dell'adolescente scorbutica, e di tutto poteva aver voglia tranne che di complimenti e moine. Non sapeva se anche altri convinti di aver assassinato il primo amore si sentissero come lei, ma nemmeno le importava. Lei si sentiva uno schifo.

Con la digestione appesantita e l'umore di chi sa di aver perso un sacco di tempo prezioso, Lucilla lasciò il padre all'appuntamento con la sua amica e si precipitò a casa. Si avventò sulla porta dell'appartamento di Wehwalt e iniziò a chiamare. Dall'interno sentiva due voci e, a tratti, addirittura delle risate. Leo Wehwalt si stava divertendo in compagnia di un demone. Il che escludeva che il demone in questione lo avesse dilaniato o straziato o smembrato. Se la spassavano e, fatto ancora più grave, la tenevano fuori. Si attaccò al campanello e, finalmente, qualcuno andò ad aprire. Siccome era giovane e in buona salute, Lucilla non cadde svenuta o vittima di un colpo apoplettico. La persona sulla soglia di Leo Wehwalt era semplicemente la cosa più bella che Lucilla avesse mai visto. "Esattamente" pensò lei. Era esattamente quello l'aspetto che doveva avere un demone.

Le finestre erano spalancate e una calda luce dorata colpiva i cavalli di vetro, trasformando la stanza in un caleidoscopio colorato. L'odore di incenso era fortissimo, e a Lucilla parve di trovarsi in una cattedrale. Il giovane la fece entrare. Era molto alto e la pelle aveva una sfumatura ambrata, come se avesse passato la stagione a giocare a tennis o a nuotare al Lido.

Leo era seduto in poltrona, le spalle appoggiate allo schienale e le mani sui braccioli. Da che lo conosceva, per la prima volta le sembrò sereno. — Lucilla, avvicinati — sussurrò piano. — Voglio presentarti il nipote di un mio vecchio amico.

Lei si avvicinò, ma restò rigida e in piedi, così da poterlo guardare dall'alto in basso. Poi si rivolse al suo maestro con un tono che voleva essere di innocente sorpresa, ma suonò solo sarcastico: — Non sapevo che avesse un amico.

Leo le sorrise. — È stata una sorpresa anche per me. Maruth viene da Israele, ma parla benissimo l'italiano. Mi ha rintracciato lui. Vieni — disse rivolto al giovane. — Lei è Lucilla, la ragazza di cui ti ho parlato.

Lucilla non lo sentì arrivare, forse perché non aveva smesso per un secondo di fissare Leo. Voleva fargli capire che non aveva senso mentirle e che lei aveva capito benissimo la faccenda dell'evocazione. Così se lo ritrovò accanto all'improvviso. Avvertì soltanto una brezza alle sue spalle, che profumava di albero. Che cosa era meglio fare? Dirgli subito che conosceva la sua natura demoniaca, che non si sarebbe fatta ingannare? Si voltò, pronta a dare battaglia. E incontrò i suoi occhi. Sembravano staccati dal resto del viso. O dal resto del mondo, se è per quello. Era come la prima notte in cui aveva visto il cielo stellato, da bambina, e si era talmente commossa da aver voglia di piangere. Si sentì piccolissima, mentre lui allungava la mano per stringere la sua e le diceva: — Felice di conoscerti.

— Ciao.

Poi, il giovane tornò a occuparsi di Leo come se lei non esistesse. Si accoccolò ai piedi del vecchio, spostando la custodia di pelle che portava sulla schiena e che fin dall'inizio aveva colpito l'attenzione di Lucilla. Pareva uno di quegli affari che gli studenti delle Belle Arti usano per i disegni, una specie di lungo tubo. Solo che in quel caso era di pelle scura, decorata e leggermente schiacciata. Somigliava più a un fodero, in realtà. Lucilla stava per chieder-

si che cosa potesse contenere, quando Maruth iniziò a cantare una canzone in ebraico.
Leo aveva gli occhi lucidi, mentre teneva il tempo sul bracciolo della poltrona. — Ah, ricordo bene questa musica. A mia sorella piaceva tanto, me la faceva sempre suonare al piano. — Poi, dopo una pausa durante la quale il respiro si fece affannoso, sussurrò: — Sei arrivato appena in tempo, vero?
Il ragazzo si limitò ad annuire.
— Grazie — disse il vecchio.
Era un quadretto talmente sentimentale da darle il voltastomaco. Lucilla fece per prendere il libro delle evocazioni, incapace di credere che quella vecchia volpe di Leo Wehwalt si facesse infinocchiare da un demone, per quanto attraente. Non aveva nemmeno sfiorato la copertina, che la voce di Leo la raggiunse.
— Lascia stare, Lucilla. Vieni qui, devo parlarti.
In un altro momento gli avrebbe rifilato una rispostaccia, ma ora c'era quel tipo, lì con loro, e lei non era abbastanza esperta da rispedirlo da dove veniva. Per cui obbedì. Aveva paura di finire in guai grossi. Ne aveva lette così tante di donne sedotte dai demoni, e quello lì aveva tutti i requisiti per farlo.
Quasi le avesse letto nel pensiero, Leo le afferrò la mano. — Ascolta, Lucilla — cominciò. — Io ho sbagliato tutto con te e mi dispiace. Ma adesso Maruth è qui per sistemare le cose. No, stai zitta,

non c'è tempo. Tu avrai la mia casa, come promesso, e anche l'appartamento dove vivi con tuo padre e la cappella a San Michele. Sensi erediterà i miei libri, sì, sì, glieli ho promessi, poi capirai. Tanto le nostre lezioni sono finite, Lucilla. Maruth prenderà la Clavicola.

Lucilla si liberò della mano di Leo con uno strattone. — Stai fresco — sibilò. Poi, siccome il vecchio non reagiva, si voltò verso il ragazzo.

— È morto — disse Maruth.

Lucilla lanciò un urlo.

Non ne potevo più di vagoni che puzzavano di vodka, salame all'aglio e pesce secco, di quel treno che andava troppo lento o troppo forte, delle soste che potevano durare ore in stazioni dai nomi impronunciabili. Quindi saltai giù e iniziai a volare. Era ancora l'esperienza più esaltante del mondo, anche se avevo tenuto le ali ripiegate sulla groppa troppo a lungo e per i primi minuti volai sghembo e isterico come un pipistrello. Quando presi il ritmo, mi librai altissimo nella notte stellata. Ero pentito di aver trattato male Due Case e già mi mancavano il suo naso rincagnato, gli zigomi sproporzionati e la faccia piatta. Mi mancava il suo sorriso quando mi portava il tè al mattino, e le corse che facevamo dietro i caribù. Soffocavo all'idea di dover tornare a nascondermi negli angoli bui di città caotiche e puzzolenti, sfuggente come un'ombra. In compenso, la prospettiva di rivedere Lucilla mi faceva fremere tutta l'essenza. Ero impaziente, bruciato dall'inquietudine. Sbattevo le ali come un forsennato, la coda dritta per mantenere la traiettoria e il grugno pronto a sbranare qualsiasi cosa mi capitasse a tiro solo per sfogare l'ansia. In quali irrimediabili guai si era ficcata la mia ragazza? Aveva mummificato il vecchio Wehwalt? Trasformato suo padre in un fermaporta?

I disastri che potevano nascere dall'unione di un talismano così potente e una testa tanto matta erano pressoché infiniti. Eppure, per quanto avessi sforzato la mia spettacolare immaginazione, per quanta macabra fantasia avessi impiegato per disegnare lo scenario più allarmante, niente poteva prepararmi a quello che avrei trovato a Venezia, al mio arrivo.

Lucilla osservò Maruth mentre sollevava Leo fra le braccia e lo adagiava sul letto. Lo osservò incrociargli le braccia sul petto, poi telefonare in sinagoga e prendere accordi per il funerale. Il mondo le era cascato addosso per l'ennesima volta, ma lei non mosse un muscolo. In compenso Maruth si spostava nel minuscolo appartamento con ampie movenze aggraziate, e lei si sorprese a pensare che ricordava un'aquila in volo. L'aveva sempre sospettato, e adesso ne aveva la conferma: i demoni non avevano niente a che vedere con le stupide illustrazioni dei libri di Leo. Niente corna, baffi, piedi ungulati, code a forma di saetta. I demoni erano bellissimi: spalle larghe, visi lisci e luminosi, dita flessuose. Era talmente ovvio, si disse, gonfiando il petto per via dell'orgoglio ispirato da quella rivelazione. I demoni *dovevano* essere affascinanti, altrimenti come facevano a ingannare la gente?

Fu a metà di quel ragionamento che Maruth si voltò all'improvviso verso di lei, facendola sussultare. — Ora vorrei mettergli un abito più bello — disse indicando Leo con un cenno. — Puoi uscire qualche minuto, per favore?

— Certo — rispose lei. — Tutta la vita.

Maruth inclinò appena la testa, e il suo sguardo diventò freddo. — Ti faccio sapere la data del funerale?

— No.

— Non verrai?

— No.

— Come vuoi. Indicami la Clavicola fra tutti quei cavalli e vattene.

— No.
Il viso di Maruth aveva iniziato a cambiare, mentre Lucilla indietreggiava verso la porta. I lineamenti del ragazzo di colpo sembravano scolpiti nel marmo, le labbra tese e livide. Lucilla afferrò la maniglia della porta, mentre lui portava la mano alla custodia. Prima ancora che potesse chiedersi che cosa ne avrebbe estratto, il ragazzo sguainò una spada.
Lucilla spalancò gli occhi, incredula. Aveva pensato che dentro il fodero ci fosse qualche strano affare, che so, la verga che Belzebù usa per domare le sue schiere. Qualcosa di magico e leggendario, certo non uno spiedo pesantissimo e arrugginito. — Stupido esibizionista — sibilò quando si fu ripresa dallo stupore. — Tornatene all'Inferno! — Sbatté la porta e si ritrovò sul pianerottolo. Per un secondo restò imbambolata, indecisa se salire a casa o scappare fuori, in strada.
E Maruth era già lì, di fronte, senza che lei avesse percepito un suono o un movimento e la fissava, gli occhi fiammeggianti e la spada stretta in pugno. Sembrava più alto e più feroce, in un certo modo.
Lucilla fece un passo indietro, mentre sentiva il sangue scorrerle sempre più freddo e rapido nelle vene. L'aria vibrava come scossa da un'energia invisibile. Lucilla si sentì invadere dalla soggezione. Se l'orgoglio non l'avesse sorretta, si sarebbe gettata ai piedi di Maruth implorando perdono. Viceversa, si

appoggiò con le spalle al muro e sibilò: — Cosa c'è, vuoi colpire una ragazza disarmata?

— Voglio dirti che non verrò più a cercarti. Né verrò a salvarti, perché non posso interferire con le cose di questo mondo. E nemmeno posso tornare da dove sono venuto, non senza quello per cui sono venuto.

Lucilla strinse i denti per non cedere. Non si era mai fidata di Leo e non si fidava dei suoi amici. Era sicura che tutto il fascino che quel ragazzo diffondeva come frescura da una fontana fosse un trucco per sottrarle la Clavicola. Infilò la mano nella tasca dei pantaloni e cercò il bordo tagliente della donna di picche. Il dolore le schiarì le idee, tanto che riuscì a replicare: — Peggio per te. Io non ti darò mai la Clavicola, né ti dirò dov'è, quindi faresti bene a tornartene in Israele o all'Inferno o nel Mondo Incognito o dove vuoi. Oppure uccidimi, tanto per me è lo stesso. Nessuno toccherà la Clavicola. Nessuno oltre me.

— Cambierai idea — replicò Maruth rinfoderando la spada. — Prega solo che non avvenga troppo tardi. E adesso scusami, ho delle telefonate da fare. — Mostrò un foglietto ricoperto dalla fitta calligrafia di Leo. Di colpo sembrava tornato un innocuo, volenteroso, bravo ragazzo. Lo studente delle Belle Arti con il suo bel dipinto arrotolato nella custodia.

Lucilla notò che era scalzo. E si stupì osservandogli i piedi armoniosi, le unghie rosa. Si ricordò che anche Dimitri aveva il vizio di camminare scalzo, specialmente quando a Venezia c'era l'acqua alta. E le tornò la voglia di far sparire quel bel ragazzo nelle fiamme dell'Inferno.

— Sai, qualche migliaio di anni fa noi umani abbiamo inventato le scarpe — disse con il tono acido che usava con il vecchio. — Dovresti provarle se non vuoi scoprire che cos'è quella cosa marrone che i cani sganciano e i padroni non raccolgono.

— Gli umani hanno inventato un sacco di cose inutili. Comunque, grazie per il consiglio.

La voce del ragazzo era talmente gentile e compassionevole che Lucilla decise su due piedi di fare la cosa giusta. — Il tuo cavallo è quello blu con i segni sulla groppa — disse. Dopodiché, prese la via di Malamocco.

Nello zainetto, la Clavicola sobbalzava a ogni passo.

Giulio Moneta aveva letto da qualche parte che le mosche urbane erano in via di estinzione. Probabilmente, si disse, tutte quelle sopravvissute erano lì, nello squero. Ronzavano incessantemente intorno alla testa che un tempo apparteneva a un ragazzo dagli occhi scuri. Le mosche si posavano a mucchi sulle palpebre e sulle piaghe, pendendo come ghirlande dalle ciocche di capelli ancora attaccate al cranio. Moneta premette il naso contro il polsino della camicia adeguatamente innaffiato di acqua di colonia, cercando di non farsi notare. Dal suo angolo in ombra la figura macilenta non gli staccava gli occhi di dosso. Ignorava i nugoli di mosche e tutti gli altri insetti che gli strisciavano sul corpo, e quello forse era per Moneta l'aspetto più raccapricciante della faccenda. Più ancora del cattivo odore o del colore della carne o dell'idea di quello che avrebbe fatto a sua figlia.

— Uh, ehm... — borbottò l'alchimista. — Hai una larva proprio lì, sul... sta uscendo... argh... è piuttosto...

— Disgustosa? — chiese la figura estraendo dalla propria orbita destra un grasso verme bianco. Senza esitare si infilò la larva in bocca e iniziò a masticare rumorosamente.

— Potresti mangiare tenendo la bocca chiusa? Già ti vedo le corde vocali, proprio non vorrei assistere anche alla masticazione, ti dispiace?

La carcassa che sedeva nell'angolo si alzò in piedi. Si lisciò una piega nei pantaloni con la mano scheletrica e disse: — Il mio vecchio maestro è morto. L'hanno portato a San Michele e cremato. Pare che l'avesse espressamente richiesto nelle sue ultime volontà. È evidente che non avesse piacere di rivedermi. Dunque non c'è più motivo di aspettare. Fai uscire i miei amici. Tua figlia si precipiterà a sistemare le cose e porterà con sé la Clavicola. E se io avrò da lei ciò che voglio, tu avrai da lei ciò che vuoi. E vivremo tutti felici e contenti.

Aspettarono che la luna sorgesse e poi uscirono dallo squero. Giulio Moneta camminava davanti e, dietro di lui, passando da un angolo in ombra a un muro scurito dall'umidità, camminava la figura macilenta. Raggiunsero una minuscola barca a remi e Moneta si mise a prua con la borsa di pelle stretta fra le braccia. Quello che un tempo era stato un ragazzo si mise ai remi. L'acqua era torbida a causa delle alghe. Moneta notò un pesce che galleggiava mollemente, la pancia bianca, gonfia e tesa. Ripensò al pesce di Lucilla. Con irritazione ricordò che aveva dovuto dargli da mangiare e cambiargli l'acqua, perché sua figlia non era tornata per cena. Quella ragazzina pestifera era scappata di casa, poco ma sicuro. Lo sapeva perché da sotto l'armadio era sparita anche la valigia di pelle con cui era venuta via da Milano e i quattro stracci coi quali si abbigliava. Chissà dove si era ficcata, a chi aveva chiesto aiuto ora che il vecchio Leo Wehwalt era cenere. Lanciò uno sguardo obliquo al vogatore. I vestiti non riuscivano a coprire tutte le parti putride, per quanti sforzi facesse. I polsi, per esempio, sbucavano dalla giacca e Moneta poteva contargli i tendini, lucidi e scoperti, che si allungavano e accorciavano a ogni remata. Il viso era la parte peggiore, ovviamente. L'ultima novità era una guancia che si era staccata dallo zigomo e pendeva scoprendo tutti i denti. Avrebbe dovuto mettersi un sacco in testa, come gli aveva consigliato lui, ma quel testardo non aveva voluto saperne. Pareva orgoglioso di essere uno spettacolo ripugnante, come certi reduci che esibiscono a ogni occasione le proprie cicatrici.

In lontananza, dalle parti del Casino degli Spiriti, giunse l'eco di una festa. Moneta sorrise pensando al futuro. Aveva accarezzato quel sogno almeno un milione di volte e poteva rigirarselo nella testa come da bambino si rigirava in bocca i noccioli delle ciliegie. Lui nel suo palazzo. Lui, magnificamente vestito, splendidamente circondato di persone eleganti e colte. Lui impegnato in erudite conversazioni con le menti più sagge e brillanti. Lui nuovo mecenate dell'arte e della scienza, circondato dalla bellezza e dal sapere. Lui avrebbe fatto risorgere Venezia dalla melma che l'assediava. Avrebbe scacciato tutti i turisti. Quelli con le facce sudate e le camicie sgargianti; quelli con le scarpe da tennis e gli zaini sulla schiena; quelli con i panini bisunti sulle gradinate delle chiese. Via i fabbricanti e i venditori di paccottiglia. Lui avrebbe ridato a Venezia un destino glorioso. Sarebbe tornata una città-Stato potentissima e spietata, degna di ospitare filosofi, artisti, architetti. Grazie alla Clavicola, lui avrebbe oscurato la fama di Salomone e Nabucodonosor, sarebbe stato il più grande fra i grandi. E poi avrebbe eliminato quella schifezza di nuovo socio, persino più imbarazzante della rozza gargolla insieme alla quale aveva trascorso quattro anni infruttuosi. La barca toccò terra. Perso nelle proprie fantasie, Moneta nemmeno se n'era accorto. Dalle finestre aperte nel muro di cinta e protette da pesanti grate di ferro, si vedevano ardere i lumini, le fiamme immobili nella notte senza vento. La bolgia veneziana, il rombo dei motoscafi e le musiche provenienti dai locali giungevano al cimitero come echi smorzati e stanchi.

Il vogatore saltò giù e, ancora una volta, Moneta si stupì dell'agilità della carcassa. Pochi secondi dopo trafficava con il lucchetto che chiudeva il cancello, lo spalancò e rivolse un breve inchino in direzione di Moneta. — Prego, benvenuto nella mia modesta casa. — Poi precedette l'alchimista lungo i sentieri curati del cimitero, con la ghiaia rastrellata di fresco e i fiori posati nei vasi di rame.

— Quella è la cappella Wehwalt? — chiese Moneta indicando una costruzione aggraziata.

— Sì, è la mia casa. Ora ci riposano anche le ceneri del mio maestro. Il maestro anche di tua figlia.

Moneta tossicchiò e fece per entrare, ma il ragazzo non lo fece passare.

— Se avessero avuto più tempo, Lucilla avrebbe potuto diventare sapiente e famosa come Ipazia d'Alessandria — disse Dimitri con un sorriso che gli scopriva tutti i denti, compresi i molari. — Come ti senti al pensiero che lei, pur sapendo chi sei e cosa stai cercando, non ti abbia mai parlato della Clavicola?

Offeso per l'insinuazione, ma incapace di replicare, Giulio Moneta fece un passo indietro. — Mia figlia ha preso le sue decisioni, come io ho preso le mie — disse alla fine. — Se la cosa ti turba, possiamo sempre salutarci qui e fare come se non ci fossimo mai conosciuti.

Il ragazzo storse la bocca. — No. Siamo andati tanto d'accordo, noi due. Volevo solo mettere alla prova il tuo amore paterno. E adesso, pienamente soddisfatto, ti chiederei di dare il via all'operazione.

Si fece da parte e Moneta entrò nella cappella. Vide una poltrona e si accomodò, poi posò la borsa sulle ginocchia e ne estrasse il Libro di Thot. Infine trovò la pagina con il segnalibro e iniziò a recitare la formula. Gli insegnamenti di Dimitri alla fine diedero i loro frutti. Giulio Moneta pronunciò le parole necessarie in modo perfetto, con tutti gli accenti e le pause al posto giusto.

Trascorsero molti, esasperanti minuti. Con la

fronte sudata, declamò un geroglifico dopo l'altro, senza esitazioni. E quando la terra tremò, il negromante non alzò gli occhi. Doveva continuare fino alla fine, senza farsi prendere dalla paura, anche se ne aveva.

— Ah! — esclamò il ragazzo quando una mano orrendamente spolpata sbucò da sotto una lapide. — Ecco il primo! Ecco il mio primo suddito!

Lucilla aspettò che il sole sorgesse e poi si mise a sedere. Aveva sognato ancora di essere il leopardo, e la delusione per essersi risvegliata nelle consuete sembianze umane l'aveva messa di pessimo umore. Dalla cella campanaria dominava tutta la laguna e, vista da lontano, Venezia era lucente e immortale come un mosaico. Le facciate dei palazzi, l'acqua che si increspava sotto la brezza del primo mattino, le barche che tornavano dalla pesca... tutto era soffuso di un riflesso rosato. Per un istante Lucilla si chiese se esistesse al mondo una bellezza innocua, che non nascondesse qualche insidia. Per la milionesima volta tornò con la mente a quella notte a San Michele, alla prima e unica occasione in cui aveva usato la Clavicola. Se Dimitri non l'avesse tradita proprio nel momento in cui lei si era sentita più vulnerabile, forse le cose sarebbero andate diversamente. E se allora, per un secondo, si fosse fermata a riflettere, forse Dimitri sarebbe stato ancora in giro per la città che adorava e nella quale si muoveva come un pesce nell'acqua. L'avrebbe visto seduto al Caffè Florian ad affascinare ragazze ricche e ingenue con la sua cicatrice sulla fronte e i piedi scalzi e l'aria sfrontata di chi sa di appartenere a un posto e di avere un compito.

Non c'era soluzione. Aveva agito senza pensare e per tutta la vita avrebbe pagato con il rimorso. Cercò lo zaino sul pavimento, dove i piccioni facevano i propri comodi. Ne scacciò uno con una pedata. Quegli schifosi pennuti la irritavano perché erano tanti e sudici e le ricordavano la gargolla. Quando il molosso di pietra era in circolazione la densità demografica dei piccioni precipitava. Lucilla si sedette a gambe incrociate e cercò di svuotare la mente. Poi recuperò la Clavicola e senza toglierla dal fazzoletto la infilò in un vecchio calzino. Aveva un buco, ma era piccolo e lei dubitava che il talismano potesse uscirne. Quindi cercò le scarpe e si decise a contattare Lucertola. Era sparita da giorni, preoccupata soltanto di non farsi trovare da Maruth. Solo molto tempo dopo le era venuto in mente che aveva derubato l'antiquario. Ci mancava solo di trovarsi alle calcagna la polizia, oltre a un demone truffato. Suo padre non l'avrebbe cercata, ne era sicura, ma un antiquario inferocito avrebbe potuto farlo, eccome.

Lucilla scoprì che con l'avvento dei cellulari trovare una cabina era diventata un'impresa. E poi bisognava recuperare una tessera telefonica, il tutto a piedi. Macinò chilometri su e giù per l'isola del Lido, mentre il sole diventava sempre più caldo e un'afa collosa prendeva il posto della fresca aria mattutina. Finalmente, dopo due ore di ricerche e richieste, trovò anche un elenco telefonico in un ristorante che aveva appena aperto la porta d'ingresso. Lucilla ricevette un bicchiere d'acqua e una sedia sotto il pergolato. Vide i proprietari, una coppia, iniziare a lavorare un po' bisticciando, un po' ridendo. Vedere due persone che si amavano le fece salire il sangue agli occhi. Cercò in fretta il numero e se ne andò senza salutare. Ritornò alla cabina che aveva individuato parecchi minuti prima. A quell'ora Sensi avrebbe dovuto alzare la saracinesca.

— Pronto?

La voce educata e blesa dell'antiquario la fece sorridere. Chissà com'era vestito quel giorno?

— Buongiorno, sono Lucille Monet.

— Dove sei, benedetta ragazza? Stai bene?

"Cavolo, sembra davvero preoccupato" pensò Lucilla. E rispose: — Non sono potuta venire. Problemi di famiglia. Volevo dirle, per il cavallino...

La voce di Sensi diventò più dura, ma niente in

confronto a quello cui si era preparata. Premette la cornetta contro l'orecchio per non perdersi nemmeno una sillaba.

— Hai fatto una baggianata.

Lucilla soffocò una risata: probabilmente solo lui ormai usava parole così antiquate. Però restò zitta e soffocò anche la voglia di tornare in negozio a sedersi sulle belle poltrone, bevendo ottimo tè in tazze finissime.

— Maruth mi ha riportato il cavallo con tante scuse — continuò l'antiquario.

Per poco la cornetta non le cascò di mano. — Che cosa ha fatto?

— Una cosa intelligente — rispose Sensi. — Mi ha spiegato che avevi chiesto a un secondo antiquario di valutarlo e non so quali altre bugie per non dirmi che l'avevi rubato. Buffo come certe persone non sappiano mentire.

Lucilla cercava disperatamente di riordinare le idee, mentre Sensi la incalzava: — Allora? Non hai niente da dire?

— Scusi?

— Scusi è già un inizio. Che farai adesso?

— Il cavallo era...

— Orribilmente graffiato, sì — la interruppe Lucertola. — Per tua fortuna Maruth ha insistito per pagare il restauro, ed era così arrabbiato con te che io ho dovuto per forza dire che non era poi così grave. Ti assicuro che è l'unico motivo per cui non ti ho denunciato per furto e danneggiamento di proprietà. Odio chi approfitta della mia fiducia.

Ok, Maruth aveva capito che il cavallino non era la vera Clavicola, si era infuriato e l'aveva restituito al legittimo proprietario. Restava da capire come facesse a sapere di Sensi. E la risposta arrivò all'istante.

— Mi ha informato della morte di Leo. Mi dispiace.

Lucertola chiamava il vecchio per nome? Dunque si conoscevano? Allora quanto sapeva Lucertola sul suo conto, a parte il fatto che Lucille Monet era un nome falso?

— Senti, Maruth mi ha consegnato delle casse di libri antichi — continuò Sensi. — Tutta la collezione di Leo, a essere sinceri. Quel vecchio pazzo mi ha messo con le spalle al muro.

— Cioè?

— Mi aveva fatto promettere che mi sarei occupato di te, accidenti a lui. Lo sapevi?

Il cervello di Lucilla cominciava a confondersi e la mano andò d'istinto alla donna di picche e al suo bordo tagliente, così utile a schiarire le idee.

— Sei ancora lì?

— Sì, signor Sensi. Ci sono.

L'uomo sospirò e disse: — Verrò subito al punto. Conosco tutte le stupidaggini che Leo ti ha rac-

contato su di me. Libera di credergli oppure no. In ogni caso, io sono in partenza per Ginevra. Domani un comodo treno mi porterà in Svizzera via Milano. Hai una penna?
— Sì.
— Allora prendi nota del mio indirizzo e del numero di telefono. L'inventario è terminato, grazie all'aiuto di quel bel figliolo arrivato da Israele, il cavallino è tornato a casa e io sono disposto a darti un'altra possibilità. L'ho promesso a Leo, quindi pensaci.
— È andato al funerale?
— Certo.
— A San Michele?
— Sì. Tu perché non sei venuta?
— Così.
— Eravamo solo io e il biondone. Più il rabbino e altri tre tizi con la *kippah* venuti solo a far numero, se vuoi la mia opinione. Comunque, quello che provi per Leo non è affar mio. Semmai ti trovassi nei guai, però, chiamami, d'accordo?

Lucilla prese nota dell'indirizzo e riagganciò il telefono maledicendo il suo destino: non appena trovava una persona che le piaceva, quella la abbandonava. Imparò a memoria il nuovo indirizzo di Sensi e si incamminò svelta verso il campanile.

Lontano dalla Clavicola si sentiva inquieta. Sudava anche in inverno e una specie di angoscia le serrava la gola. Si chiese se per caso anche quel dannato talismano funzionasse come l'anello del potere di Sauron e, contemporaneamente, si chiese se non fosse stufa di aspettare chi non sarebbe più tornato e se non fosse arrivato il momento di voltare pagina. Ripeté a voce alta tutto il concetto in francese e si compiacque di non aver commesso nemmeno un errore. A Ginevra, volendo, avrebbe anche potuto viverci.

Poi Lucilla sentì una sirena in lontananza e vide un motoscafo della polizia sfrecciare nella laguna e virare verso le isole. Strano, pensò lei, sembravano diretti a San Michele, ma poteva anche essere San Servolo o qualsiasi altra delle isole. Magari cercavano una minorenne scomparsa: lei. Decise di sparire per un po' e far calmare le acque. Con i soldi rimasti comprò delle scatolette di tonno e altri cibi che non si sarebbero deteriorati con il caldo o il passare del tempo. Poi risalì la scala del campanile e aprì il libro che aveva messo nella valigia. Lesse per ore, ma nel suo trattato di demonologia non veniva menzionato alcun Maruth. Chissà da quale infimo girone infernale l'aveva pescato Leo, e quanto tempo quell'essere avrebbe impiegato per trovarla. Fantasticò sulla sua nuova vita a Ginevra, lontana da suo padre e dalle sue manie, da Venezia dove tutto le ricordava Dimitri e dove i leoni alati si trovavano dappertutto, persino sulle tovaglie. In fondo, rifletté, spostare la Clavicola dall'ultimo posto dove era stata segnalata era una buona idea. Anzi, era un'idea da mettere in pratica il prima possibile. Lucertola era gentile. Certo non era un amico, ma poteva diventarlo. Lo sarebbe diventato, Lucilla se lo sentiva.

Molto più tardi, fu svegliata da un tremendo baccano. Sembrava la fine del mondo e, in effetti, lo era.

Arrivai a Venezia la prima notte senza luna, com'era mia abitudine. Mi sentivo splendidamente. Volare senza la voce di Due Case nella testa in effetti era molto rilassante e quasi non pensavo più alla mancata possibilità di diventare sciamano e trasformarmi in qualcosa di più affascinante che una statua di pietra. Cominciavo anche a dubitare del fatto che la mia pupa fosse nei guai. Guai veri, intendo. Anche se sarebbe stato bizzarro il contrario, conoscendola. Quella notte però mi gingillai nel pensiero che, forse, Due Case aveva solo visto un bisticcio fra lei e suo padre turbandosi più del dovuto. In fondo, che ne sapeva un'orsa di adolescenti e di alchimisti?

Pensavo e volavo, in fondo al cuore ansioso di rivedere la mia città natale. Trovai la laguna invasa di barche. Era normale, per cui non feci caso al tipo di natante. Era l'ora che precede l'alba, quindi non mi stupì trovare tutte le imposte chiuse e nemmeno una finestra illuminata. Quello che invece mi colpì fu l'odore. Eppure ero preparato a un certo tanfo estivo. Non credo di dover ricordare che i canali in fondo sono delle fogne a cielo aperto, giusto? Però, in tanti secoli di soggiorno veneziano, mai avevo sentito un fetore simile. Sbandai, e solo un severo autocontrollo mi impedì di spalmarmi contro il campanile di San Marco. Cosa accidenti era marcito in città per puzzare così? Una balena spiaggiata avrebbe fatto meno danni. Mi sedetti cercando di raccogliere le idee (e di non vomitare il piccione che avevo sgranocchiato come regalo di benvenuto) quando qualcuno mi sparò addosso un fascio di luce. Restai immobile e aspettai che il tizio dietro il riflettore si convincesse che fossi sempre stato lì. Sapete quando i minuti sembrano eterni? Mi ero abituato allo spazio sterminato della taiga e non sopportavo più il cattivo odore degli umani e la loro scarsa immaginazione in fatto di oggetti volanti. Per fortuna alla fine la luce si allontanò lasciandomi in pace. Sbattendo le palpebre, vidi che il riflettore era montato su un grosso motoscafo. Apparteneva ai Lagunari, il corpo speciale dell'esercito. Subito dopo arrivò di corsa una pattuglia armata fino ai denti. Solo allora mi accorsi che non c'era in giro un'anima. Non i turisti, né i veneziani notoriamente curiosi. Le sole persone in movimento vestivano una divisa. Sommozzatori, poliziotti in assetto antisommossa, militari con uniformi mai viste, tutti con la loro brava maschera antigas sul naso. E tutti piuttosto nervosi, visto che il passaggio di un ratto provocò una gragnuola di colpi a casaccio e la reazione isterica del comandante del drappello. Il panico iniziò a montarmi dalla punta della coda lungo la spina dorsale. Cos'era successo alla mia adorata Venezia? Attacco terroristico? Colpo di Stato? Peste bubbonica? Le ipotesi più sciocanti si affollavano nella mia mente, mentre una domanda mi assillava: dov'era Lucilla?

E poi lo vidi. Sgusciò fuori dall'ombra di una casa. Lo riconobbi dall'andatura, innanzitutto. Eppure la mia coscienza rifiutò di assimilare l'informazione. Continuavo a ripetere "non è possibile, non è possibile, non è possibile". Poi, quando il riflettore lo prese in pieno, strappandogli un gemito, scorsi la carne a brandelli e un osso sbucare dal gomito e non potei più negare l'evidenza. I morti camminavano per le strade e ci stavano marcendo sotto il naso. Ecco spiegato il cattivo odore.

Lucilla si affacciò dalla cella campanaria, più incuriosita che allarmata. Era abituata ai battibecchi fra gondolieri e passeggeri, fra osti e ubriaconi, fra preti e carampane. Sbatté le palpebre, cercando di abituare gli occhi alle luci abbaglianti. Poi, quando dopo qualche secondo riuscì a distinguere quello che stava accadendo, si pizzicò il dorso della mano a sangue, ma la visione non sparì. — Ma che... — mormorò. Una fila di automobili, moto, furgoni marciava a passo d'uomo lungo la strada. Una nuvola di smog aleggiava sopra i tettucci carichi di pacchi e valigie, biciclette, ventilatori e persino un frigorifero. Il fragore dei clacson era poderoso, ma non riusciva a coprire del tutto le imprecazioni e le proteste, soprattutto delle persone che camminavano o pedalavano ai bordi della carreggiata. Lucilla vide vecchi in sedia a rotelle e donne che spingevano passeggini stracarichi. Molti avevano lembi di pigiama che sbucavano dai pantaloni, segno che si erano vestiti in fretta e furia, senza pensare. Carrelli del supermercato, colmi all'inverosimile, caracollavano sotto il peso delle provviste e, quando uno sbandò crollando a terra, una mezza dozzina di persone si precipitò non ad aiutare, ma a saccheggiare. Le camionette dell'esercito sfrecciavano avanti e indietro puntando i fari sulla carovana in marcia, urlando ordini. I bambini tossivano per via della polvere e dei gas di scarico. Una voce trasmessa da un altoparlante gracchiava che il servizio trasporto civili si sarebbe interrotto all'alba senza deroghe e chi, per quell'ora, non avesse abbandonato la propria attività o abitazione, sarebbe stato condotto via con la forza. Venezia era già stata sgombrata e tutti i veneziani aspettavano in piazza San Marco gli abitanti delle isole per raggiungere i luoghi di accoglienza.

Lucilla si affrettò a tirare indietro la testa e si accucciò sul pavimento ansimando. Estrasse la donna di picche e iniziò a rigirarla fra le dita, sempre più veloce. Era stato Maruth, rifletté, mentre il sangue pompava nelle vene e lì si ghiacciava. Aveva scatenato il finimondo e non avrebbe smesso finché non fosse riuscito a impossessarsi della Clavicola. Lucilla maledì la sua stupida antipatia per radio e televisione. "Accidenti" si disse, a volte erano dannatamente utili.

Riuscì a calmarsi, ma poco e molto tempo dopo il previsto. Ok, avrebbe aspettato un momento tranquillo e poi si sarebbe intrufolata in una casa per ascoltare un notiziario. Sperava solo che la vendetta di Maruth non prevedesse qualche brutta malattia. Non ci teneva a morire arsa di febbre o coperta di croste e pus. Non prima di aver messo al sicuro il talismano.

Ho già detto di essere restato secoli al servizio di maghi, alchimisti, fattucchiere e negromanti? Che avevo frequentato (controvoglia) dozzine di *jinn*, demoni cornuti e altre creature magiche spesso dotate di artigli, squame e narici piene di muco? Insomma, credetemi: avevo lo stomaco robusto. Eppure, la vista dello zombi mi provocò un prurito al sottocoda tale per cui me la sarei svignata seduta stante, con o senza Lucilla fra le braccia. Zampe. O quel che è. Anche perché sapevo per esperienza che raramente gli zombi vanno a spasso soli soletti. Di solito se un negromante si prende la briga di trafficare con i morti, lo fa svegliandone *a pacchi*. In ogni caso, visto che sotto il campanile c'era sì una schifezza ambulante, ma anche mezza dozzina di militari armati, mi ficcai due artigli nelle orecchie perché i colpi di fucile mi provocano l'emicrania. Aspettai e aspettai, ma la pace per quei poveri resti non arrivò. L'ufficiale fece un cenno con la mano e la pattuglia arretrò. Il mio zombi restò a ciondolare sui piedi. Dopo un po' un orecchio gli si staccò e cadde a terra. Lui abbassò la testa, quasi a verificare che fosse proprio suo quel bel pezzo di cartilagine. Quindi si chinò, l'afferrò con le dita imputridite e se lo mangiò.

Io volevo solo spiccare il volo, giuro, lo desideravo con tutte le mie forze, eppure non riuscivo a staccare gli occhi da quello spettacolo. Non posso farci niente: vedere quello che diventano i corpi nelle bare mi fa pensare che il grado di civiltà di un popolo sia proporzionale alla velocità con cui i cadaveri raggiungono le pire. Anzi, perché i militari non avevano usato il lanciafiamme? Una bella fiammata funziona sempre e non lascia problemi che non possano risolversi con scopa e paletta. Lo sapevo perché da giovane ero stato ad Haiti con un mago francese (fece una bruttissima fine, semmai vi interessasse). Insomma, l'esercito era per le strade, gli zombi erano per le strade, e nessuno faceva niente? Gli zombi *non* saltavano addosso agli uomini cercando di mangiarseli e gli uomini *non* eliminavano gli zombi?

Cribbio, c'erano parecchie cose da capire e, per farlo, avrei approfittato della raffinata tecnologia umana.

Scardinare imposte è molto divertente. Perlomeno, a me piaceva un sacco. La città deserta si prestava a questo mio innocente passatempo, pertanto mi scelsi un bel palazzo signorile con ampie finestre su un grazioso giardino. Ops, sbagliato, non avevo riconosciuto il museo Guggenheim. Accidenti agli allarmi, il rombo di un motoscafo mi fece pensare che il governo non avrebbe tollerato atti di sciacallaggio e mi avrebbero sparato lì per lì. Ok, sarei tornato sul luogo del delitto. Spiegai le possenti ali (adoravo le mie ali!) e raggiunsi la torre degli alchimisti in ghetto. Planai nel canale sotto le finestre del vecchio sollevando un'onda chiassosa, tanto nessuno si sarebbe affacciato a protestare. Un secondo dopo ero dentro. Respirai il familiare odore di cera da pavimenti e un nuovo e allarmante profumo di incenso da evocazione. Ohi, ohi, ohi. Non prometteva niente di buono. Chiamai a voce alta Leo, poi Lucilla. Silenzio. Le stanze rimbombavano sotto i miei passi, l'eco resa ancora più spettrale dallo stridere dei rostri sul marmo. Accesi una candela sul fornello. E mi accorsi che era viola. OHI, OHI, OHI! La faccenda buttava malissimo! Mi sforzai di ricordare a chi corrispondesse quel colore, ma non mi ero mai appassionato di demonologia, per cui la mia bellissima mente restò orribilmente vuota. Afferrai il tappeto e lo scaraventai lontano, imprecando. Ecco il cerchio con la stella, le lettere ormai illeggibili scritte con il gesso, le macchie di cera viola sul pavimento; ecco tutto ciò che trasformava quella squallida stanza nell'antro di un fuori di testa. Poi, un carosello di riflessi colorati attirò la mia attenzione. Mi avvicinai alla caminiera con la candela che mi sgocciolava sugli artigli. I cavalli di vetro si erano moltiplicati;

ce n'erano di grandi e minuscoli, e decine di code al vento, decine di criniere congelate dal mastro vetraio nell'euforia della corsa. E poi, con un sussulto, vidi che la Clavicola non c'era. Ne ero sicuro. Gli equini potevano essere milioni, ma io avrei comunque riconosciuto il mio, quello che avevo forgiato in una fornace di Murano. Non potevo sbagliarmi: su nessun dorso comparivano i simboli che l'angelo Raziel aveva inciso per Souleyman Ibn Daud, il re dei re! Cercai di restare calmo e di non collegare i morti viventi alla sparizione del talismano. Poteva essere tutto sotto controllo. Poteva essere che un pazzoide di negromante avesse trovato il sistema di resuscitare i morti e che Lucilla e Leo fossero già all'opera per rimetterli a cuccia. Eppure, sentivo una patina di umidità ricoprirmi la fronte, fenomeno che più si avvicina al sudore freddo per noi statue. Ero arrivato fin lì per utilizzare la tecnologia umana e scoprire quello che stava succedendo, giusto? Quindi mi lasciai cadere sul divano e accesi la tv. A mano a mano che le immagini scorrevano sullo schermo e una livida luce azzurrognola danzava sulle groppe dei cavalli, mi accasciai, sempre di più. Vidi dozzine di cadaveri ambulanti scorrazzare per le calli seguiti da frotte di ratti in attesa di riempirsi la pancia. (Se mai vi venisse in mente di conquistare il mondo, addestrate i ratti veneziani: non si fermano davanti a niente.) Quello che mi fece scivolare a terra come un sacco, però, fu vedere il faccione di Giulio Moneta dettare le proprie condizioni alla nazione. Cavolo, cavolo, cavolo!

Nascosta e nervosa, Lucilla attese che l'aria tornasse a sapere di mare e non di smog. Attese che il vociare e il rombo dei motori si perdesse in lontananza. Nemmeno in piena notte la laguna era mai stata così silenziosa. La brezza mattutina si infilava fra le tegole rotte facendo dondolare debolmente la campana. Lucilla prese un profondo respiro e si alzò a controllare la situazione. Malamocco era un deserto. Cartacce, foulard, cappellini di bebè si sollevavano in aria turbinando. Legò il fazzoletto sul viso per proteggersi dal virus che, forse proprio in quell'istante, stava mettendo in ginocchio Venezia. Poi decise che contro delle armi batteriologiche una pezza di cotone avrebbe potuto fare ben poco, e si apprestò a sfidare la sorte. Infilò il calzino con la Clavicola nello zaino e scese le scale. A ogni gradino sentiva il cuore farsi più pesante. Lucertola era riuscito a partire per la Svizzera? Suo padre era con gli sfollati? Maruth la stava cercando fra le persone ammassate sotto il sole? Lo immaginò con quell'insopportabile sorriso dipinto sul volto, mescolato agli altri. Implacabile e paziente come un ghiacciaio che si sposta. Richiuse la porta alle sue spalle e ci mise il lucchetto. Poi imboccò un sentiero seminascosto fra gli alberi di fico. Non incontrò nessuno, a parte qualche cane randagio che, come la fiutava, tornava sui propri passi uggiolando. Lucilla non amava i cani e ultimamente anche loro sembravano ricambiarla. Anzi, temerla. "Meglio così" pensò lei. Ci mancava solo di doversi occupare anche di loro. Cercava un appartamento isolato, che fosse facile da aprire, ma aveva fatto male i suoi conti. Per quanto in fretta gli isolani fossero partiti, avevano trovato il tempo di sprangare porte e finestre.

Lucilla tentò e ritentò, spostandosi di casa in casa. Appena sentiva il suono di un elicottero correva a nascondersi dietro un albero, o si gettava a terra al riparo dei muretti. Superò la chiesa di San Nicolò e ancora non aveva incontrato altro che mosche e ramarri. Una quantità di mosche impressionante, in effetti. Lucilla accelerò diretta all'aeroporto. Di sicuro, in mezzo a tutte quelle apparecchiature elettroniche avrebbe trovato una radio e... fu allora che un bagliore la indusse a voltare la testa. Lo spettacolo che si trovò davanti la paralizzò in mezzo al sentiero, mozzandole il respiro. Li vide sbucare dalla sabbia. Per prime uscivano le mani, poi le braccia, infine i cadaveri sgusciavano dal terreno simili a orribili granchi. Alcuni avevano gli elmi calcati in testa e stringevano le spade fra le dita scheletriche. Quelli senza copricapo mostravano crani scarnificati, certi con qualche ciocca di capelli ormai senza colore. Stavano per qualche minuto in equilibrio sulle ossa e poi iniziavano a guardarsi intorno. Si raggrupparono, muovendosi insicuri sulle gambe ricoperte di una pelle color cuoio e si misero tutti a fissare il mare, quasi attendessero qualcosa. Centinaia di teste senza occhi, ma per lo più con tanti denti, ciondolavano sul collo. Forse stavano girando un film, si disse Lucilla, ma non c'era regista, troupe, niente. Solo uomini, o quel che ne rimaneva, coperti di mosche e stracci, brandelli di pelle e insegne con la croce. Fu allora che all'improvviso capì. Erano i cadaveri dei crociati, sepolti nel 1202! Erano i guerrieri morti di fame al Lido, morti aspettando le navi che li avrebbero portati in Terra Santa! La sabbia li aveva conservati trasformandoli in mummie e quel giorno si erano risvegliati lì, a pochi passi da lei.

Una mummia si voltò. Lucilla sapeva che quella cosa non aveva occhi, eppure era sicura che la stesse guardando. La mascella si spalancò producendo un sordo *clonk* e i denti marrone, seghettati come quelli di certi pesci, iniziarono ad andare su e giù, su e giù. Masticava, o aveva voglia di farlo, pensò Lucilla. La ragazza fece due passi indietro, senza voltare le spalle. Poi iniziò a correre. Sulla schiena sentiva il peso dello zaino e pregò che il cavallino di vetro non si spezzasse. Pregò che la Clavicola arrivasse fino al campanile tutta intera. Anche se chi aveva svegliato quegli esseri non aveva avuto bisogno del talismano per farlo. La cosa peggiore di tutte era esattamente sapere questo.

Il mio rifugio era proprio come l'avevo lasciato. Puzzolente, schifosamente disordinato e pieno di resti di piccione. C'ero arrivato dopo un volo rocambolesco e spericolato, sfrecciando sotto e sopra i ponti, su e giù dai tetti. L'attraversamento della laguna restava l'ultimo tratto pericoloso, ma un abile camuffamento a sedile di gondola aveva risolto brillantemente il problema. Seduto a poppa, immobile come solo io so stare, avevo tenuto aperte le ali quanto bastava per prendere una bava di vento. Ok, ci avrei impiegato un po', pensavo, ma almeno non rischiavo di finire polverizzato.

In realtà ci misi molto più del previsto e quando finalmente toccai terra mi sentivo le giunture di cemento. Strisciai giù dalla gondola, appiattii le ali sul dorso e infilai la coda fra le zampe. In effetti potevo passare per un grosso cane. Per un grosso, feroce, orribile cane.

Ottimo! Dubitavo che un umano, per quanto ardito e armato, potesse aver voglia di avvicinarsi a un simile molosso quel tanto da prendere la mira e sparare. Così iniziai a correre a quattro zampe, sollevando una nuvola di sabbia e spostandomi di pochi metri. Devo ricordarvi che io non camminavo, zampettavo, correvo né galoppavo mai, perché dotato di splendide ali? Insomma, ci misi un po' a prendere il ritmo.

Incrociai diverse pattuglie, i soldati erano bardati come samurai e altrettanto imperscrutabili, e nessuno sembrò ansioso di conoscermi meglio. Solo uno gridò al collega: — Ehi, guarda lì che belva! — Lo considerai un complimento e tirai dritto.

Insomma, arrivai stanco morto e con il groppone arroventato dal sole. Scelsi il lato nascosto di un fico e iniziai a salire perché, con grande sorpresa, scoprii che la porta d'ingresso era chiusa con un lucchetto. Gli artigli sono sempre una cosa buona quando c'è da arrampicarsi, specialmente su un muro sbrecciato e rugoso. Arrivai svelto in cima e mi intrufolai dentro. Bello! Era tutto come l'avevo lasciato! Poi mi accorsi che, maledizione, un barbone doveva averci soggiornato: avevo notato delle scatolette di tonno che io certo non avevo portato. Ne sollevai una con grande circospezione e presi a studiarla attentamente. Era unta e ricoperta di formiche, quindi non era passato molto tempo dal giorno in cui era stata aperta. Magari dallo stesso tizio che aveva bloccato l'ingresso. Forse presto avrei dovuto scaraventarlo giù dalla finestra. A questo pensavo. Ero *molto* concentrato. *Molto, molto* concentrato. Ecco perché non la sentii entrare. In compenso la sentii urlare.

— Ploc!

Lucilla era restata solo una frazione di secondo in piedi davanti alla campana. E in quella frazione di secondo lo aveva riconosciuto. L'ombra proiettata sul pavimento, alla luce spietata di una mattina d'estate, era inconfondibile. Quelle orecchie sproporzionate, quella groppa ingobbita, le ali che ricordavano un enorme pipistrello. Era la *sua* gargolla. Strillò il suo nome con tutto il fiato che aveva in gola e si scagliò addosso alla bestia che, con sguardo basito, teneva in bilico sull'artiglio una scatoletta di tonno. Il mostro di pietra spalancò le ali e l'apertura di quelle gigantesche estremità oscurò il cielo. Un attimo dopo, Lucilla gli assestava un formidabile calcio negli stinchi.

— Ouch!

— Ti sta bene!

— Gran bel benvenuto per uno che ha macinato migliaia di chilometri soltanto per scoprire in quali guai ti sei ficcata.

Lucilla lo guardò di traverso, gli occhi verdi lividi di rancore. Si tolse la scarpa e controllò di non essersi rotta un dito. — Sei sparito. Per due anni.

— Ti avevo avvisata — replicò la gargolla incrociando le braccia sul petto muscoloso. — Dovresti prendere l'abitudine di ascoltare gli altri. Non dico sempre, ma almeno quando ti parlano. Ricordi queste parole: "Voglio volare fino a consumarmi le ali"? Ti suonano familiari?

Lucilla si sedette in un angolo senza verificare se fosse più o meno pulito e la gargolla non poté impedirsi di notare che la ragazza era sporca come un ratto.

— Stai bene? — chiese Ploc.

— Mai stata meglio.

La bestia di granito sollevò un sopracciglio e replicò: — Si vede. Sei magra come una cavalletta e forse anche più nervosa. Se non ti conoscessi, direi che sei diventata una tossica.

Lei mostrò l'incavo delle braccia, gesto che aveva tutta l'aria della provocazione. — Sembri mio padre.

La gargolla andò a sedersi accanto a lei e Lucilla non si spostò. — Non offendere — sibilò Ploc. — A proposito...

— Non so dove sia. Sono scappata di casa giorni fa.

La bestia si limitò ad annuire. — E Leo?

— Morto.

— E...

— La Clavicola è al sicuro — precisò Lucilla spalancando lo zaino. Il cavallino di vetro sbucò dal calzino catturando un raggio di sole. Il colosso sospirò di sollievo e la ragazza sbottò: — Per questo sei tornato? Per la Clavicola? — Si alzò di scatto e fece per prendere la via della porta, ma poi si fermò. La nuvola di polvere che si era sollevata con lei aleggiò per alcuni attimi intorno alla sua testa, come un'aureola dorata. Le dava un'aria angelica.

Del tutto inappropriata, considerò la gargolla. — Mmm... Dal fatto che tu non ti sia precipitata fuori, deduco che sai quello che sta accadendo — disse. — L'idea di incontrare tuo padre trasformato in un morto che cammina non ti attira, giusto?

Lucilla annuì. In effetti, per quanto suo padre fosse odioso, prepotente e ossessionato dal tradimento della moglie, e per quanto lei odiasse sentirsi accusare a ogni occasione che era subdola come sua madre, non era pronta a seppellirlo.

— Allora, forse, potresti smetterla di fare i capricci — sibilò il molosso scoprendo i denti. — Sono tornato e tanto ti basti.

Non mi aspettavo di trovarla lì. Ovunque, ma non nel mio rifugio. C'era stata una volta sola e nemmeno pensavo se ne ricordasse. Mi aveva colto impreparato, con il grugno infilato in una lattina di tonno. Non molto James Bond, giusto? D'accordo, magari sulle prime avevo spalancato le ali e sfoderato gli artigli come se volessi dilaniarla e sbranarla, ma non l'avevo fatto, giusto? E poi lei era a casa mia, senza invito ci tengo a precisare, e poi era bella oltre ogni dire e le era sbocciato il seno, cosa alla quale effettivamente ero *del tutto* impreparato. Morale, ci sedemmo imbarazzati a fissare la Clavicola. La bionda che un attimo prima era una belva pronta al balzo, ora pareva un gattino bagnato. Cavolo, se di quegli sbalzi d'umore erano responsabili gli ormoni, ero ben felice di non essere un adolescente.

Posò una mano tremante sulla mia zampa e chiese: — Sai cosa sta succedendo?

— I morti viventi si sono risvegliati — risposi, ma non feci parola di suo padre e mi ripromisi di non farlo finché i suoi occhi non avessero smesso di luccicare. Non sopporto le ragazze frignone.

— Anche qui. All'aeroporto ho visto le mummie dei crociati. Ancora con le insegne e tutto il resto. Conosco un antiquario che comprerebbe qualunque cosa riuscissimo a recuperare. Tu pensi...

La interruppi con un ruggito che le scompigliò i

capelli. — Vuoi arricchirti con questa storia? Mettiti in fila, ci ha già pensato tuo padre.

Ecco fatto. La fanciulla sgranò gli occhi. Un secondo dopo erano pieni di lacrime. Talmente grosse che ogni volta che una le scivolava giù dalla guancia lasciava una striscia chiara nel sudiciume.

— Sei un mostro — sussurrò lanciandomi un'occhiata che avrebbe steso un basilisco.

— Ho visto tuo padre in televisione — dissi in fretta. — Ha chiesto di essere nominato doge di Venezia con piena autonomia e indipendenza. Assicura che gli zombi non faranno male a nessuno, ma lui è pronto a risvegliarne milioni se il governo non farà quello che lui vuole. E lui vuole riportare Venezia al fasto della Serenissima.

— E il governo?

— Oh, qualcuno ha esultato al grido di "Venezia sovrana!" e "Re a casa nostra!" — spiegai. — Credo che pensino di poter trarre vantaggio dalla faccenda, ma se conosco tuo padre li sbatterà nei Piombi alla prima occasione.

Lucilla restò per un attimo assorta nei propri pensieri e poi chiese: — Ma perché non tolgono di mezzo queste mummie, o zombi o qualsiasi cosa siano? Perché l'esercito non li elimina?

Alzai le spalle. — Perché ci sono dei fulminati che assicurano di aver riconosciuto i propri parenti in quegli esseri che passeggiano per le calli e non

vogliono che qualcuno gli stacchi la testa dal collo. Sì, carina, è così che si fa a eliminarli. Decapitazione o rogo.
— Quindi, finché gli zombi non si mangiano qualcuno, verranno lasciati in pace?
— Brava. E nel frattempo tuo padre diventerà il nuovo doge di Venezia. — Capii subito che qualcosa si agitava nella sua bionda testolina. — Stai pensando a chi penso io? — sussurrai.
Lei si asciugò gli occhi con il dorso della mano.
— Se ha risvegliato i morti di San Michele, deve per forza esserci anche lui.
Favoloso. Per quello avevo sorvolato mezzo mondo. Per vedere la mia ragazza scappare con un morto vivente di quindici anni. Il dolore che provai avrebbe steso un bue. Per fortuna avevo il cuore di pietra.
— Dimitri potrebbe essere fra gli zombi di mio padre — continuò Lucilla.
— Potrebbe.
Dopo una pausa, aggiunse: — Quello che non capisco è come ha fatto senza la Clavicola.
La guardai dall'alto in basso. — Non serve la Clavicola per cavare i morti dalle tombe — spiegai. — Basta conoscere la formula giusta. — Una fronte deliziosamente aggrottata mi spinse a continuare.
— Il Libro di Thot, per esempio, contiene tutte le formule magiche pronunciate dal dio egizio per risvegliare le forze ostili. E tuo padre ne aveva una

copia. — Tacqui il dettaglio che l'avevo rubata io a un mago copto di Assuan e mi limitai ad aggiungere: — Anche i maghi di Haiti fanno lo stesso, solo con altri riti.

Dall'espressione della pupa capii che nemmeno lei credeva che Giulio Moneta potesse aver compiuto da solo una simile impresa.

— Quando ho lasciato tuo padre — continuai — non era nemmeno in grado di leggere i geroglifici più semplici. Qualcuno deve averlo aiutato.

— Non guardare me! — strillò Lucilla, tornata aggressiva come una pantera. — Io ho studiato sempre e solo con il vecchio, e mio padre non ne sapeva niente!

Il pensiero che non avrei più rivisto l'altro protagonista della mia precedente avventura un po' mi commosse. Aveva sbagliato ogni cosa, ma le sue intenzioni erano buone, e in fondo era quello che aveva perso più di tutti noi. Mi vennero in mente le candele da evocazione e un brivido mi scosse l'essenza. — Com'è morto? — chiesi.

— Pazzo — sbottò lei. — Alla fine era pieno di paturnie. Il giorno prima di morire ha evocato un demone perché gli consegnassi la Clavicola. Ecco perché sono scappata.

Spalancai così tanto la mascella che la sentii scricchiolare. — Sei sicura? — Non riuscivo a credere che Leo Wehwalt potesse aver commesso un'idiozia simile. Era il custode, quello iniziato ai testi sacri dello *Zohar* e dello *Yetzirah*. Sua sorella sapeva evocare angeli con ali grosse come camion, me l'aveva confessato lui. Come faceva un uomo del genere a chiedere aiuto a un demone?

— Se tu avessi visto il cerchio con il pentacolo e le candele da evocazione e la cenere di tutto l'incenso che ha bruciato, mi crederesti — ringhiò la mia bambola.

L'avevo visto, in effetti, ma giudicai prudente tacere anche quel dettaglio. — Sei sicura che Leo ce l'abbia fatta? Hai visto il demone con i tuoi occhi?

Lucilla abbassò il viso, ma io notai ugualmente che era arrossita. Ahi, ahi, ahi. Non prometteva niente bene.

— Sì — rispose.

— Avanti, non essere timida — la punzecchiai. — Com'era? Grossi zoccoli caprini? Pupille verticali? Alito pesante?

Lei sollevò lo sguardo e si sforzò, lo notai, di tenerlo fisso nel mio. Poi respirò a fondo e disse: — Somiglia a me.

Tombola! Un'altra cotta con finale strappalacrime in arrivo!

— Ok — disse la gargolla. — Ci occuperemo di lui più tardi. Adesso dobbiamo usare la Clavicola e rimettere a cuccia questi flaccidi non morti. Propongo di provare prima con i crociati giù alla spiaggia. Se riusciamo a polverizzarli, poi passiamo a quelli di San Michele.

Poi guardò fiduciosa Lucilla, la quale non confessò che non aveva la più pallida idea di come fare. Né le sue intenzioni riguardo a *tutti* i morti di San Michele.

— Come te lo sei fatto? — domandò invece la ragazza.

Il colosso si voltò incuriosito. — Cosa?

Lei si limitò a indicargli la guancia, dove un solco profondo andava dalla mascella all'orecchio.

— È stata una donna. Una persona speciale — rispose sollevando il ciondolo che portava al collo. — Mi ha regalato questo.

Lucilla abbassò la testa per rimettere la Clavicola nel calzino. Sembrava essere diventata totalmente indifferente al discorso.

— Sono stato sempre con lei, per tutto questo tempo. Si chiama Due Case e...

La gargolla si interruppe, perché nel frattempo Lucilla si era sollevata di scatto. Sul viso sfoggiava l'espressione più fredda che il molosso di pietra avesse mai visto in vita sua.

— Oh, vedo che la tua soglia di attenzione è rimasta quella di un pesce rosso.

— Gustavo! — esclamò Lucilla. — Il mio povero pesce sarà morto di fame!

La bestia di pietra alzò gli occhi al cielo. — Tipico di una ragazzina viziata: preoccuparsi del suo stupido pesce piuttosto che di migliaia di morti viventi a zonzo per la città. Spero che se lo siano mangiato.

Lucilla si infilò lo zaino e fece per imboccare la porta. — Andiamo?

— Aspettiamo la notte.

Le ore che seguirono furono estremamente penose. I due attesero che scendesse l'oscurità senza scambiarsi una parola, lei giocherellando con la donna di picche, lui arrotandosi gli artigli su un sasso. Il tempo sembrava essersi fermato. La gargolla avrebbe voluto chiedere dei progressi di Lucilla nello studio dei libri proibiti, di quello che le sarebbe piaciuto fare una volta risolta quella faccenda, di come intendesse regolarsi con suo padre. Ma il solo pensiero di udire quella erre moscia, di subire i suoi sguardi annoiati e le risposte irriverenti lo faceva imbestialire. Lei avrebbe voluto che lui non fosse mai tornato. Avrebbe preferito cavarsela da sola e poi raggiungere Lucertola a Ginevra con lo zaino pieno di cimeli da rivendere. Avrebbe avuto un amico che si occupasse di lei e un bel lavoro e una nuova vita.

Quando finalmente scese la notte, Lucilla aveva la lingua incollata al palato da quanto poco aveva aperto bocca, ma riuscì ugualmente a chiedere: — Adesso possiamo andare?

La gargolla l'afferrò bruscamente e saltò sul davanzale della finestra sibilando: — Una volta, se non mi sbaglio, ti piaceva volare.

Lucilla soffriva di vertigini, e dei voli sulla groppa della gargolla in quel momento ricordava soprattutto di essersi sentita male come sulle montagne russe, ma strinse i denti e rispose: — Fra le tue braccia, lo adoro.

Puzzava di bugia lontano un miglio. La gargolla ringhiò e si buttò giù dal cornicione fendendo la notte come una freccia avvelenata.

A sentire la mia pupa innamorata del pericolo e incostante come il sole di marzo, l'esercito che solo poche ore prima aveva messo a soqquadro il Lido al momento si riduceva a un debole pattugliamento delle strade principali. Aggiungete che conoscevo Malamocco come il palmo della mia zampa e capirete come arrivammo senza intoppi alla spiaggia che fronteggiava l'aeroporto. A rendere ancora più drammatico lo scenario, nuvoloni gonfi di pioggia coprivano a tratti la luna, e i lampi di un temporale estivo si avvicinavano veloci da est. Ero curioso di vedere come avrebbero reagito le mummie. Sarebbero corse a ripararsi sotto i cornicioni? Sarebbero rimaste a inzupparsi le ossa? Avrebbero attirato i fulmini, essendo rinsecchiti come rami tagliati? Ah! La curiosità di una mente scientifica! Lo studio era l'unica cosa che rimpiangevo della mia permanenza presso i maghi. Poi un colpo (piuttosto sgarbato, devo dire) fra le corna mi fece capire che la bimba aveva qualcosa da dirmi.

— Che vuoi? — sibilai.

Per tutta risposta, lei indicò la battigia. Erano tutti là, in fila e, lo giuro, erano uno spettacolo.

Un lampo illuminò di viola gli elmi ammaccati e le spade e i teschi rivestiti di una pellaccia scura. Se ne stavano seduti a fissare l'orizzonte, completamente immobili.

Ci posammo a terra mentre iniziavano a cadere le prime gocce, talmente pesanti da sollevare nuvolette di sabbia appena toccavano il suolo. Ci sedemmo l'uno accanto all'altra. Lucilla si tolse lo zaino dalle spalle e se lo strinse al petto, quasi temesse che quell'orda di cadaveri volesse lanciarsi su di lei per rubarglielo.

— Stai tranquilla. Possiamo spiccare il volo prima che quelle cariatidi muovano un osso.

Lei si limitò ad alzare le spalle. Restammo zitti per un po', io aspettando che Lucilla estraesse il talismano e iniziasse a fare dei tentativi, lei aspettando non so cosa, forse di racimolare abbastanza coraggio per usare di nuovo quell'affare. Posso dire a chi fosse interessato che le mummie non temono la pioggia, perché le nostre non si mossero di un millimetro, nemmeno quando l'acqua iniziò a scosciare.

Spalancai un'ala a mo' di ombrello, ma Lucilla si spostò.

— Bene — sibilai. — Finalmente hai deciso di darti una lavata.

Strano ma vero, non replicò. La pioggia le lavava il viso e i capelli e, in tutta onestà, mi venne il dubbio che Lucilla stesse piangendo.

Quando parlò, tuttavia, la voce era ferma. — Secondo me stanno ancora aspettando che le navi vengano a prenderli.

Guardai quello che restava della cavalleria europea. Le orbite vuote fisse sul mare in burrasca. Fermi, le schiene dritte. Incredibile a dirsi ma, seppure pelle e ossa, mantenevano una certa dignità.

— Sono morti di fame — dissi.

— Cosa cambia? Quando sei morto sei morto.

La guardai allibito. Poteva una ragazza intelligente trasformarsi in una giovane cretina? — Mi stai dicendo che, secondo te, morire in pace nel proprio letto equivale a spegnersi in lunghi e tediosi mesi su una spiaggia, nutrendosi di granchi e vongole?

La mia risposta ebbe almeno il risultato di farle splendere gli occhi di rabbia. — E tu che ne sai? Sei incorruttibile, ricordi? Non potresti morire nemmeno se volessi.

— La mia essenza è immortale. Il mio corpo no. Se mi prendi a martellate mi rompo, sai?

— Buona idea, grazie.

Feci scrocchiare le nocche, tanto per mettere in chiaro che, volendo, avrei potuto strangolarla.

— Guarda, arriva qualcuno... — sussurrò a un tratto.

Aguzzai la vista. Sotto quel diluvio, però, era difficile discernere un vero essere umano da uno zombi. Per di più, quello che si stava avvicinando non assomigliava né all'uno né all'altro. L'acqua gli scivolava dalle spalle come da una grondaia ed era alto quanto una porta. Era chiaro, anche, quasi luminoso. Del viso non distinguevo nulla, colpa della pioggia battente e dei lunghi capelli biondi. Quello che vidi distintamente fu il gesto di portarsi la mano dietro la schiena ed estrarre qualcosa da una specie di custodia. Qualcosa che, a giudicare dal vapore che sollevava a contatto con la pioggia, era una spada incandescente.

— Via! — strillò Lucilla praticamente saltandomi sul groppone.

Nello stesso istante, vidi le mummie alzarsi di scatto, agili come se non fossero restate secoli a sonnecchiare sottoterra. Sembrava un assalto, ma il tizio appena arrivato restò fermo, aspettando che gli zombi si gettassero contro la sua lama.

— Cos… c… — feci in tempo a balbettare, mentre le teste rinsecchite volavano via una dopo l'altra, toccavano la sabbia e immediatamente diventavano cenere.

— Andiamo via, è lui! È lui!

Non c'era bisogno di aggiungere altro. Spalancai le ali e obbedii.

— Mi credi adesso?

La gargolla voltò la testa, ma non si mosse dal cornicione. La pioggia grondava dalle ali chiuse, formando pozzanghere sul pavimento. Rivoli d'acqua scivolavano sulle corna fin negli occhi sporgenti, ma la bestia non sbatté le palpebre mentre rispondeva: — No.

La ragazza smise di strofinarsi i capelli e restò con la bocca spalancata.

— Poteva essere chiunque — continuò la gargolla. — Un soldato con qualche nuova arma, un pazzoide deciso a sfidare la sorte. Non lo sappiamo.

— Era lui! — gridò Lucilla scagliando a terra l'asciugamano. — Era il demone di Leo. L'ho riconosciuto.

La bestia tornò a guardare fuori. — Non sembrava un demone.

— Tu non ne sai niente — sbottò Lucilla — ma io so che era lui.

— Solo perché ti somiglia?

Il silenzio che seguì durò finché non smise di piovere e il mastino di granito decise di rientrare.

Sussultò vedendo la ragazza rivestita e ripulita, ma cercò di non darlo a vedere. — Tu, per esempio, sembri un angelo — mormorò, pentendosene subito.

Lucilla lo premiò con uno sguardo feroce. — Io ho ucciso.

La zampa di pietra si mosse stancamente, come se avesse già sentito quella frase almeno un milione di volte. — Non ne abbiamo già parlato? — chiese la gargolla. — Però non cambi idea, quindi peggio per te. Resta comunque un incidente. Non è colpa tua se Dimitri è morto. Non solo tua, perlomeno. È colpa di chi non ha saputo custodire la Clavicola.

La ragazza spalancò gli occhi e mosse un passo verso lo zaino.

— Calmati. Non intendo portartela via. Solo credo che finché esisterà quel talismano, esisterà un pericolo.

Lei si caricò lo zaino sulle spalle e disse: — Adesso sono io la custode della Clavicola. Nessuno lo sa oltre a te, quindi nessuno corre pericoli.

Poi un'ombra le passò sul viso e la gargolla colse al volo l'occasione per replicare: — Nessuno a parte un demone, a sentire te. Se ti sembra poco.

Lucilla drizzò la schiena, tentando di sembrare più adulta e più alta. Il colosso si limitò a sorridere, quindi lei proseguì stizzita. — La Clavicola ha il potere di dominare anche i demoni. Salomone li utilizzò per costruire il tempio e...

Di nuovo quel gesto con la zampa. — Conosco la storia — sibilò la gargolla. — Pensi di essere grande quanto il re dei re? Ottimo, vuol dire che me ne starò zitto e buono a contemplare la tua rovina.

— Come vuoi — disse Lucilla. — Vuoi restare a guardare? Mi sta bene. Io vado a San Michele. Mi accompagni?

Più che un cimitero sembrava un campo di battaglia. Il ghiaino dei sentieri era disseminato ovunque e le siepi di bosso giacevano a terra sradicate. La luna emerse dalle nuvole per specchiarsi nelle fosse piene d'acqua; così bianca, pareva un gigantesco osso. Anche se era piena notte, nugoli di mosche si contendevano i brandelli di pelle rimasti attaccati alle spine delle rose e il loro ronzare era l'unico suono oltre al vento che fischiava tra le lapidi. Non una era rimasta al proprio posto e giacevano nel fango, sparpagliate come le tessere di un enorme domino. Le cappelle avevano le porte sfondate e i cocci delle vetrate riflettevano la luce lunare mandando rapidi bagliori.

Lucilla camminava poco più veloce di uno zombi, sollevando le scarpe zuppe. Mi ci ero preparato, volando fin lì, ma non abbastanza. Tombe di vecchi e bambini, di giovani, donne e uomini nel fiore degli anni, tutte erano state scoperchiate. Nessuno era stato lasciato a dormire in pace. Provai a fare un breve calcolo, ma la pupa mi interrompeva continuamente, costringendomi a ricominciare daccapo tutte le volte, per cui alla fine lasciai perdere.

— Insomma, si può sapere che cosa combini con quell'artiglio per aria? — chiese con la consueta grazia.

— Sto cercando di contare quanti ne ha sottomano — risposi — ma finché non la smetti di interrompere, non ne verremo a capo.

Sbuffò molto elegantemente e venne a strattonarmi per il braccio. Zampa. Insomma...

— Si può sapere da quando ti sudano le mani? — brontolai. — Mi riempi il granito di ditate.

Lei digrignò i denti e levò la mano come se scottassi. Uno a zero per me. Poi strinse gli occhi fino a farli diventare due fessure e disse: — Io credo di sapere dove sono.

Sì, figuriamoci.

— Sono al Palazzo dei Dogi. Lo so, era l'ossessione di papà.

Mi fermai a guardarla rapito. Poteva avere ragione. In effetti, quello era un altro chiodo fisso del mago. Distolsi lo sguardo per non tradire la soggezione che provavo in quel momento: una testa così intelligente unita a un viso tanto bello poteva incutere davvero paura.

— Andiamo.

— Ehi! — protestai. — Mi hai preso per un taxi?

Evidentemente sì, perché un minuto più tardi eravamo in volo verso piazza San Marco.

Avete presente un termitaio? Tutte quelle disgustose creature che si agitano e strisciano? Ecco, visto dall'alto l'effetto zombi era quello. Con la bimba sulla groppa atterrai sulla Torre dell'Orologio. Una volta non ci avrei mai posato le zampe per via del maestoso leone alato, ma negli ultimi tempi avevo fatto pace con il mio passato. L'esercito era tutto impegnato a terra, a puntare le armi contro quelle carogne. Nessuno pensò di alzare gli occhi e fu un bene, perché se qualcuno avesse sparato alla mia amazzone non so come avrei reagito. Forse dandogli una medaglia, visto che la mia passeggera sembrava aver scordato di soffrire il mal d'aria e aveva passato tutto il tempo da San Michele a lì spronandomi con i calcagni. Se l'umiliazione di essere trattato come un mulo fosse durata un secondo di più, l'avrei lasciata cadere e tanti saluti.

— Perché siamo quassù? — berciava. — Scendiamo a cercare mio padre.

Diceva padre, ma io sapevo che intendeva Dimitri. Quel bellimbusto adolescente. Chissà com'era ridotto adesso il suo bel faccino. Il pensiero mi solleticava tutta l'essenza.

Dopo un bel po', siccome ero perso nei miei pensieri, Lucilla smise di infastidirmi e cercò il modo di scendere. Inutilmente, povera piccina.

Tentò e ritentò, ogni volta con mosse sempre più nervose e impazienti. Per tutto il tempo, io non smisi mai di fischiettare e di pulirmi le orecchie. Esasperata, con la faccia paonazza e le mani sui fianchi, si piantò di fronte a me strillando: — Vuoi portarmi giù, sì o no?

— Perché non ti decidi a tirare fuori quell'accidenti di Clavicola e a fare un po' di repulisti? — chiesi.

Lei si allontanò sbuffando e andò ad affacciarsi. Aveva la pelle d'oca sulle braccia e secondo me non per il freddo. Se la faceva sotto, se mi passate l'espressione.

— Buttati. Questa volta non ti riprendo al volo — dissi.

— Scommettiamo?

Piombammo in uno dei silenzi che ormai costellavano la nostra convivenza. Densi, pesanti, ostili. Cominciavo a essere stufo, quindi decisi di voltare pagina e sospirai: — Non abbiamo un piano. Non possiamo semplicemente andare lì e chiedere se conoscono un certo Dimitri.

— Perché no?

Contai fino a duecento milioni e risposi: — Perché non funziona così con gli zombi. Non sono individui, non più. Sono come insetti. Rispondono solo a chi li ha svegliati, come se fosse la loro ape regina. Il resto del mondo non esiste per loro, a meno che non abbiano fame.

Lucilla aggrottò la fronte, ma tenne la bocca chiusa, per cui continuai.

— Sembrano amorfi e inoffensivi, ma non è così. Un attimo te ne stai bello tranquillo in mezzo a loro, l'attimo dopo quella calma putrescenza si è trasformata in una massa urlante che ti stacca la carne a morsi.

— Ouch!

— Già. E la cosa peggiore è questa: una volta che ti hanno morso, diventi anche tu uno di loro.

— Oh.

— Quindi pensaci molto bene prima di infilarti lì sotto.

Lucilla restò un po' pensierosa, seria come la statua di Minerva. Poi sollevò il mento e disse: — D'accordo. Scenderemo insieme, allora. Io starò sulla tua groppa e, al primo segnale di malumore degli zombi, tu spiccherai il volo per portarmi via.

— Mi giuri che quando avrai visto Dimitri...

— Quando avrò *parlato* con Dimitri...

Scossi la testa e continuai: — Quando avrai fatto quello che devi con Dimitri, e spero solo che sia rapido, tirerai fuori la Clavicola e tenterai di risolvere la faccenda? E solo dopo cercheremo tuo padre per capire come ha fatto a combinare questo disastro? Ed eventualmente, se ne avremo l'occasione, vedremo di rispedire al mittente il demone di cui parli?

Un meraviglioso sorriso le illuminò il viso. — Te lo giuro.

Fregato, fregato, fregato.

I due confabularono a lungo, protetti dall'oscurità. Poi la gargolla staccò l'angelo segnavento dalla Torre dell'Orologio e spiccò il volo, mentre Lucilla spostava lo zaino dalle spalle al petto per poter afferrare più in fretta il talismano e si legò i capelli usando la stringa di una scarpa. Tanto, considerò, a piedi non sarebbe scappata. Si sedette a gambe incrociate cercando di rilassarsi e svuotare la mente, come le aveva insegnato Leo. In quel momento, quasi avrebbe voluto essere stata al suo funerale. Almeno avrebbe potuto dirlo a Dimitri, se lui le avesse chiesto del vecchio. Com'era morto? Confortato da un demone, avrebbe dovuto rispondere. Era stato lui a tenergli la mano, io ero troppo occupata a odiarlo. Dubitava che quella confessione avrebbe messo Dimitri nella giusta disposizione d'animo. E comunque, l'idea di rivederlo le rimescolava il sangue. Doveva sforzarsi di non immaginare la sua bella faccia ridotta come quelle dei tizi giù in piazza. L'odore era semplicemente sconvolgente e non c'era verso di abituarsi. Aveva già vomitato due volte e alla terza il molosso si era rifiutato di tenerle la fronte, allontanandosi disgustato. Tentò di nuovo. Ormai aveva lo stomaco talmente vuoto che, anche volendo, non avrebbe potuto rigettare niente. Respirò cercando di pensare a qualcosa di bello, di tranquillizzante, invece sentì la fronte sudata, le mani fredde e molli. Non voleva che finisse peggio di così. Era sicura che la gargolla non le avesse mentito riguardo a suo padre, il che complicava terribilmente le cose. Lei aveva solo quindici anni e se suo padre le avesse ordinato di fare qualcosa, tipo consegnare il talismano, lei cos'avrebbe dovuto fare? Fin dove poteva spingersi per mantenere l'impegno preso con se stessa? Accidenti! Aveva ragione il vecchio, lei era troppo giovane per quella dannata Clavicola, che il diavolo se la prendesse!

Spalancò gli occhi terrorizzata. Aveva la Clavicola! Doveva stare attentissima a quello che pensava, perché il talismano poteva prenderla in parola. Era già successo. Alzò le mani per tenerle il più lontano possibile dallo zaino. Si sentiva un macigno sulle spalle, anche se il cavallino di vetro pesava solo pochi grammi. Attese due lunghissimi minuti. Poi sospirò di sollievo: del demone non c'era traccia. La Clavicola funzionava solo se la toccavi, rifletté. Ottimo! Aveva appena imparato qualcosa di nuovo.

Poi sentì un rumore metallico e un gran vociare fra i militari di guardia alla piazza. Esattamente come concordato, l'angelo segnavento era atterrato inducendo i soldati a correre in quella direzione. Per un attimo, qualcosa le attraversò la mente. Un dubbio, forse, o un'illuminazione, che però non fece in tempo a svilupparsi nella sua mente perché nel frattempo la gargolla era già planata accanto a lei. Fletté le ginocchia posando il pugno a terra, le ali maestose spiegate come vele. Accucciato in quella posizione, il muso sfregiato e il corpo possente pronto al balzo, incuteva un terrore viscerale. E quella creatura straordinaria era al suo fianco, pensò Lucilla. Se solo fosse stata lì per lei e non per la Clavicola...

— Spicciati — sibilò il mostro strappandola ai

suoi pensieri. — Non lasceranno la piazza incustodita a lungo.

Lucilla annuì e andò a sistemarsi sul dorso della bestia.

— Non sei costretta a farlo. Possiamo lasciare che questa storia se la sbrighino loro — disse indicando con un cenno del mento i militari che si allontanavano strillando ordini.

— Io devo andare. Se tu non...

— Allora reggiti — tagliò corto la gargolla. Serrò gli artigli sulle caviglie di Lucilla e spiccò il volo.

Non potete capire che cosa sia stata quella passeggiata in mezzo agli zombi con la pupa a cavalcioni. Se a quattro zampe ero sgraziato, su due parevo un papero ubriaco. A ogni passo perdevo l'equilibrio e dovevo aprire un po' le ali per mantenere la posizione, urtando qualche morto vivente qua e là. L'aria era irrespirabile, la vista orribile. Lucilla non fiatava e se ne stava così ferma che più di una volta dovetti pizzicarle le caviglie per assicurarmi che fosse ancora viva.

— Ci fanno passare — disse a un tratto. — Non sembra anche a te che ci stessero aspettando?

Già, mi pareva, e la sola idea mi raggelava l'essenza. Ecco perché me l'ero tenuta per me. — Credo che faremmo bene ad andarcene. Subito — dissi.

Peccato che fosse impossibile. Gli zombi si facevano da parte per i secondi necessari a farci avanzare di un passo, dopodiché si richiudevano alle nostre spalle come acqua su un sasso. Se solo avessero voluto, avrebbero potuto saltarci addosso, schiacciarci a terra e farci a brandelli.

— Prendi la Clavicola — sussurrai. Sentii le sue ginocchia stringermi i fianchi.

— Ma sei matto? — sibilò Lucilla. — Se uno di questi cosi allunga la mano e me la prende?

— Allora chiama il tuo Dimitri e andiamocene! — strillai, in un modo che forse tradiva un po' di nervosismo.

Lei si schiarì la voce. Respirò a fondo e chiamò.

Seguì una lunga pausa e poi...

— Vieni, Lucilla. Ti aspetto.

Non era la voce del ragazzino, eppure suonava familiare.

Lucilla si lasciò sfuggire un lamento, poi con un filo di voce sussurrò: — Viene dal palazzo.

— Che vuoi fare? — chiesi. — Una volta dentro non sarà facile scappare.

Rallentai per darle il tempo di dirmi l'unica cosa sensata, e cioè: — Fuggiamo!

E poi successe un fatto inaspettato. Giulio Moneta comparve sul portone. Era vestito di velluto come un principe e sventolava un orologio da polso. Era una situazione da incubo, letteralmente. Ecco il mio antico socio, abbigliato in modo grottesco, in mezzo a un plotone di morti viventi. E mentre quelli sbavavano e ringhiavano, lui faceva ondeggiare il Rolex, avanti e indietro. Se solo avessi avuto dei peli, mi si sarebbero rizzati fino al groppone. Cos'aveva in mente quel pazzo?

— Che diavolo sta succedendo? — bisbigliai.

Per tutta risposta, Lucilla scalciò per liberarsi dalla mia presa e gli corse fra le braccia.

Parte Terza

— Anche lui — disse la voce, mentre io ancora cercavo di riprendermi dalla sorpresa.
Una miriade di mani variamente decomposte mi afferrò, bloccandomi le ali. Cercai di divincolarmi, strappando qualche braccio e spero anche qualche testa, ma senza modificare la situazione: ero bloccato. Gli zombi sembravano moltiplicarsi, tutti simili nel disgusto che mi ispiravano, tutti decisi a trascinarmi dentro il palazzo. Il che conferma solo che gli zombi saranno svegli nel corpo ma non nel cervello. Se mi avessero lasciato, mi sarei precipitato dietro Lucilla molto più velocemente e senza danni per loro.
L'accampamento era qualcosa che non voglio raccontare. Vi basti sapere che per ripulire quello schifo non sarebbero bastate centinaia di ramazze e quintali di detersivo e dozzine di addetti alle pulizie con lo stomaco forte. I tappeti erano coperti di macchie

brune, i muri imbrattati di impronte e ovunque si accumulavano puzzolenti tracce organiche. Persino sul soffitto dorato, persino sulle mappe vetuste utilizzate dai dogi per dominare il mondo, persino sulle statue dei giganti e sui leoni alati. E in quell'orrore, la luce diffusa dai capelli di Lucilla, che mi precedeva di corsa, mi faceva l'effetto della cometa sui Re Magi: speranza, struggimento e una sorta di timore che qualcosa di terribile potesse accaderle. Il dubbio che mi avesse condotto lì con l'inganno non mi attraversò mai il cervello, eppure una spiegazione per quel comportamento assurdo doveva esserci. Tutto poteva fare *Astutilla*, tutto ciò che di sbagliato e pericoloso possa venire in mente, tranne precipitarsi ad abbracciare il padre.

Venni trascinato nel salone delle udienze. Mi ero sempre chiesto come fosse quella stanza dove i nobili, fino a duemila per volta, discutevano gli affari della Serenissima. Adesso che ero stato accontentato vedevo Giulio Moneta seduto sulla Cattedra di San Pietro, certamente trasportata lì dai suoi nuovi schiavi. Teneva la figlia sulle ginocchia. Vederla in viso mi fece fremere l'essenza. Aveva lo sguardo vuoto e il sorriso fisso. Sembrava... ma certo! Ipnotizzata! Ecco a cosa era servito l'orologio!

— Maledetto — sibilai all'indirizzo del mago. — Come hai potuto farle una cosa simile?

Moneta sorrise e le accarezzò i capelli. — Ho fatto soltanto quello che tutti i genitori farebbero, se potessero. È un piacere rivederti.

Ne dubitavo, sapete? Abbassai il muso perché non notasse il mio sguardo omicida e sibilai: — Perché sono trattenuto con la forza?

— Non vorrei che prendessi il volo. Non vuoi assicurarti che il tuo caro padrone stia bene? Sei sparito senza salutare, proprio quando avrei avuto più bisogno di te.

Già. Era vero, in effetti.

— La pietrificazione non è un'esperienza gradevole, sai? E quando mi sono risvegliato ho dovuto constatare che il mio servo mi aveva abbandonato.

Vero anche quello. Ascoltavo a capo chino, senza perdere di vista sua figlia. Non sbatteva nemmeno le palpebre e sembrava più morta di tutti i morti lì dentro.

— Servo che aveva tradito la mia fiducia, devo aggiungere.

Ecco, a quel punto trasalii. Come faceva a saperlo?

— Sì, sì. Ho saputo che tu e Lucilla avevate trovato la Clavicola — continuò Moneta — ma nessuno dei due si sognava di avvisarmi. Siete stati molto birichini.

Il tono del mago era freddo come l'acciaio e altrettanto tagliente. Buttava male, questo era certo, ma il colpo di grazia arrivò dopo.

— Per fortuna un bravo ragazzo è venuto a informarmi.

Oh, no! No, no, no!

Un tempo era stato un ragazzo. Probabilmente qualcosa di quell'antica freschezza, della sua sfrontatezza e allegria era rimasto, da qualche parte. Di sicuro, però, in quel momento non si vedeva. Gli zombi si fecero da parte inchinandosi al suo passaggio. La gargolla sbatté le palpebre, incredula.

— Finalmente ci si rivede. Non sei cambiato per niente — disse Dimitri, o quel che restava di lui.

La gargolla fece per scuotere la testa, ma ebbe un capogiro e si bloccò. Aveva capito che il ragazzo era il capo degli zombi, la loro ape regina. Tutti quegli esseri avrebbero fatto qualsiasi cosa lui avesse chiesto. Dimitri sorrise e fu allora che il colosso abbassò lo sguardo. Era troppo, persino per uno stomaco di granito.

— Oh, mi dispiace — lo canzonò Dimitri. — La mia vista ti disturba? Peccato, dovevi pensarci prima. — Avvicinò una parvenza di volto al muso della bestia e aggiunse: — Prima di farmi sprofondare in quell'inferno.

— Che cosa vuoi? — sibilò la gargolla.

Moneta saltò giù dallo scranno e Lucilla cadde a terra come una bambola di pezza. Il mastino fece per correre in suo aiuto, ottenendo solo di impegnare un po' di più gli zombi che gli stavano addosso.

— Che cosa *vogliamo* — sussurrò il mago. — Perché, vedi, Dimitri e io siamo soci, anche se desideriamo cose diverse.

Dapprima la gargolla non aprì bocca, tanto sapeva che uno di quei due gli avrebbe raccontato per filo e per segno il loro piano. Però poteva innervosirli quel tanto da indurli a commettere un passo falso, così disse: — Avanti, Moneta, racconta. Quelli come voi sono tutti uguali. Egocentrici e vanitosi. Non resistete al gusto di sbandierare le vostre patetiche intenzioni. Siete tutti ugualmente squallidi e banali.

Il mago fece per replicare, ma Dimitri intervenne dicendo: — Ha ragione. Perché non accontentarlo? Tanto scoprirebbe comunque tutto da solo. — Fece un brusco cenno con la mano in direzione degli zombi e un'unghia cadde sul pavimento. — Ops, pazienza — ridacchiò. — Tanto la mia dolce amica non ci farà caso. Svegliala, Moneta. Mi piace pensare che voglia godersi la cerimonia, allietata dall'uccisione del prigioniero.

La gargolla vide comparire nelle mani degli zombi migliaia di scalpelli, mazze, martelli. Vide Moneta schioccare le dita. E vide Lucilla spalancare gli occhi, che subito si riempirono di orrore e spavento. Il suo ruggito fece tremare i vetri del Palazzo dei Dogi ma nessuno, ammesso che avesse sentito, sarebbe accorso.

Vabbè, ruggire era stato inutile, però mi ero tolto una soddisfazione. E perlomeno la mia pulzella sembrava del tutto sveglia, sebbene paralizzata. Mi ricordava gli insetti presi nella ragnatela che osservavano la propria morte avvicinarsi senza reagire. Io, però, avrei reagito. O perlomeno mi illudevo di poterlo fare. Così mi divincolai, lottai, urlai con tutto il fiato che avevo... ma poi d'un tratto, all'improvviso, smisi di combattere. Perché? Perché vidi Lucilla mettere a fuoco l'essere che le stava di fronte.

Sbatté le palpebre, quasi volesse assicurarsi che non fosse un sogno (e dico proprio sogno, non il peggior incubo della propria vita) e sussurrò: — Dimitri, sei tu?

Chissà da che cosa l'aveva riconosciuto. Dal naso rosicchiato? Dalle ciocche di capelli che si staccavano dal cranio? C'era una sola risposta: lo amava, ancora. Lo avrebbe riconosciuto anche se fosse stato solo uno scheletro ballonzolante, se il teschio spolpato le avesse sorriso con tutti e trentadue i denti ma nemmeno un brandello di labbra.

Sconfitto, decisi di lasciare che il destino facesse il proprio corso. Non prima di aver inviato una piccola maledizione alla sciamana, colpevole di avermi spedito fin lì soltanto per assistere al ricongiungimento dei due giovani amanti, invece di lasciarmi svolazzare libero e fiero nella taiga. Incredibile ma vero, la sentii ridacchiare nella mia testa. Brutta strega malefica!

— Con chi ce l'hai? — domandò Giulio Moneta.

— Non sono affari tuoi — sibilai senza staccare gli occhi da Lucilla, bella come un bocciolo di rosa, e da Dimitri, brutto come un rospo schiacciato da un camion. Forse di più.

— Mi hai riconosciuto — esultò quell'orrore di adolescente. — Sono commosso.

La mano di Dimitri si allungò per afferrare quella di Lucilla. Devo dirlo a suo merito: lei non batté ciglio. Io sarei fuggito ululando.

— Dammi la Clavicola — ordinò suo padre.

Lucilla continuò a fissare Dimitri. — Sei stato tu a dirglielo?

Lui si strinse nelle spalle e persino Moneta dovette distogliere lo sguardo. Lo spettacolo di quelle scapole che si avvicinavano... be', era qualcosa da vedere se vi piacciono i film horror.

— Perché? — chiese Lucilla mentre le lacrime iniziavano a scivolarle lungo il naso.

— Sono stanco di cance — protestò il mago muovendosi verso la figlia.

Dimitri alzò la mano libera, e l'esercito di zombi mosse un passo avanti. Quel verso, che fecero tutti insieme... Se ci ripenso mi tremano tutte le molecole. Moneta si bloccò e io capii che, finché la Clavicola restava a Lucilla, tutto il potere ce l'aveva Dimitri. Il punto era: lei avrebbe consegnato il talismano con le buone oppure con le cattive?

— La mia dolce amica mi ha fatto una domanda — mormorò Dimitri. — E io voglio risponderle. Ho detto a tuo padre del talismano per vendicarmi di te e... — aggiunse voltando il cranio dalla mia parte — ... di lui.

— Capisco — mormorò la mia coraggiosa pupattola.

Dimitri scosse la testa. — Non credo. Non credo che qualcuno possa capire che cosa significhi essere trascinato sottoterra da mani scheletriche, sentire sulla propria carne i morsi dei morti viventi e...

— Ti prego, basta — sussurrò Lucilla. — Ti prego.

— ... sapere che diventerai come loro — concluse Dimitri ignorando le suppliche.

Come poteva resistere alla tentazione di baciare quegli occhi pieni di lacrime? Di sicuro lei lo amava, mentre lui... Un pensiero orribile mi attraversò la mente e cercai di spiccare il volo, riuscendo solo a rendermi ridicolo. Ragione per cui odiai quei due pericolosi cretini mille volte di più.

— La cosa buffa — continuò Dimitri — è che di tutti i maghi veneziani, così ansiosi di rimettere a nanna gli zombi che tu avevi destato, solo uno non aveva partecipato.

Lucilla singhiozzò, mentre io spalancai gli occhi perché a quel punto entrava in scena qualcuno di mia conoscenza.

— Sai di chi sto parlando?

Lucilla fece di sì con la testa.

— Sì, il tuo caro papà. Il negromante pietrificato perché si era avvicinato troppo a me e a Leo. Colui che possedeva il Libro di Thot, ma non sapeva come usarlo.

Moneta si stirò una piega dell'abito, sogghignando. — Non è stata una bella coincidenza? Ero andato a esercitarmi a San Michele, ma non ho pronunciato correttamente la formula. Per questo il mio nuovo assistente non è scemo come tutti gli altri zombi. Thot aveva previsto di poter utilizzare degli stupidi schiavi, non delle creature pensanti. Ecco come il piccolo errore di un genio può trasformarsi in una creazione geniale.

— Dimitri, e tu... — farfugliò Lucilla.

— E lui ha corretto l'errore — intervenni — il che spiega questa bella compagnia. Solo che adesso il capo sei tu, Dimitri, non Moneta. Gli zombi venerano te come re, perché sanno che tu conoscevi la formula.

— In effetti è così — ammise Dimitri senza staccare gli occhi dalla mia bellissima — ma siccome siamo entrambi molto intelligenti, e in fondo gli dovevo un favore, gli ho proposto un patto. E lui ha accettato.

— Quindi papà ha risvegliato tutti questi poveracci soltanto per farmi uscire allo scoperto?

— Brava la mia bambina — disse Moneta. — Molto brillante.

— Sai — sussurrò Dimitri — considerando la fine che mi hai fatto fare... era prevedibile che vedendo i miei nuovi amici tu pensassi a me.

— Bene, Leo sarebbe fiero di te — sibilai.

Una smorfia contrasse la faccia di Dimitri. — Leo è morto.

— Abbiamo aspettato che il povero vecchio tirasse le cuoia — si lamentò Moneta. — Una lunga attesa.

— Quindi tu avrai una specie di vita, e una specie di popolo su cui regnare. E Moneta avrà la Clavicola — dissi, sperando che fosse tutto.

— Ah, no! — esclamò Dimitri. — Adesso arriva il bello. Io avrò anche una sposa.

Quella frase ebbe il potere di asciugare gli occhi di Lucilla. Smise di piangere, all'improvviso. — Scusa? — balbettò.

Dimitri abbassò la testa per avvicinare la bocca alla mano della ragazza, ma si fermò a mezz'aria perché la gargolla aveva preso a ruggire come un ossesso. — Oh, la tua guardia del corpo protesta — sussurrò. — Anziché essermi riconoscente. Potevo ucciderti, invece ti sposo restituendoti ciò che tu hai dato a me.

Lucilla si voltò verso il padre, muta.

L'espressione di Moneta era diventata di ghiaccio. Si drizzò, apparendo ancora più alto e magro di quanto fosse e disse: — Tu mi hai deluso, come tua madre. Traditrice!

— Su, non parlare così alla mia futura sposa — ridacchiò Dimitri, stringendo più forte la mano della ragazza.

Le sfuggì un gemito che fece infuriare ancora di più la bestia di pietra.

— Ora ti dico che cosa succederà — proseguì impassibile Dimitri. — Io ti bacerò, un bacio appassionato. Qualcosa di simile a un piccolo morso. Tu diventerai come me, solo molto più ubbidiente e docile.

— La figlia che tutti i padri sognano — squittì Moneta.

Lucilla sussultò, ma disse soltanto: — Me lo merito.

— Lasciala, mezzo uomo! Verme! — urlò la gargolla. Finì schiacciato sul pavimento. Uno zombi lo colpì col martello, dritto sulla testa, facendo saltare via uno dei corni. Un altro sollevò un maglio e prese a colpire forte, ma senza accanimento. Erano gesti meccanici, costanti.

— Non sulle ali! — ringhiò la gargolla, ma nessuno se ne curò tranne Lucilla. Se anche gli altri zombi avessero iniziato a colpire, presto il mostro di pietra sarebbe diventato un cumulo di polvere.

— Fermi! — esclamò Lucilla.

Dimitri scoppiò a ridere. — Ehi, non sei ancora mia moglie. Non puoi dare ordini ai miei sudditi.

La ragazza abbassò lo sguardo mormorando: — Hai ragione, amore mio. Scusa.

Giulio Moneta si avvicinò saltellando. — Avevi ragione, Dimitri. Lei ti ama! — Abbracciò la figlia e aggiunse ridendo: — Vedi come sono buono? Invece di punirti ti faccio sposare il ragazzo che ami.

— Lo sai? — disse Dimitri a Lucilla rivolgendole una specie di sorriso compiaciuto. — L'idea di portarti a San Michele, quella notte, fu mia e non di Leo. Non per vantarmi, ma conoscevo bene l'effetto che facevo sulle ragazze.

La gargolla premette il muso sul pavimento ringhiando: — Aveva solo tredici anni! Eri senza onore da vivo, e non ne hai nemmeno da morto — aggiunse mentre gli zombi alzavano i magli. Tentò di tapparsi le orecchie con le zampe. Desiderò che la fine arrivasse in fretta, e pregò che succedesse prima di vedere Dimitri baciare Lucilla.

Lei, però, aveva altri piani.

— Ordinagli di smettere — disse Lucilla. — Voglio che assista alla cerimonia.

Cosa? Parlava di me? Alzai il muso, troppo curioso per non guardare. Attraverso la folla di zombi vedevo la fanciulla e Dimitri, ancora mano nella mano. Accidenti, avrei dovuto essere l'eroe della situazione e invece ero costretto a terra come un sacco di patate. Senza un corno, per di più.

— Perché? — chiese Dimitri.

Mi spezzò il cuore udire la ragazza dei miei sogni, per la quale avrei dato la vita rispondere: — Perché so che vedermi diventare una zombi lo farà soffrire.

— Credevo foste amici — intervenne Moneta, con un'espressione così malevola che avrei dato l'altro corno per potergliela levare dalla faccia a suon di sberle.

Lucilla si strinse nelle spalle. — È solo un mostro di pietra. Se non fosse stato per lui, non avrei mai saputo dell'esistenza della Clavicola. E non avrei mai potuto fare del male a Dimitri.

Orpo! Aveva ragione!

Anche il cadavere ambulante concordava. Infatti alzò una mano e gli zombi smisero di prendermi a mazzate.

— E forse, a quest'ora... — proseguì la mia stravagante pupa lasciando la frase in sospeso per regalare un sorriso melenso a Dimitri.

Lui sgranò gli occhi (cosa piuttosto buffa, visto che non aveva più le palpebre) e replicò: — Non preoccuparti, cara. Rimedieremo prestissimo. Anche subito, se vuoi.

Ok, era stupito, ma non stupido.

— Lo voglio — dichiarò Lucilla.

Lo confesso, a quel punto avrei preso a ceffoni anche lei. Le avrei strappato lo zainetto dalle spalle e glielo avrei sbattuto sul muso e... mi fermai un secondo a riflettere. Giusto, perché teneva ancora lo zainetto addosso?

— Prima la Clavicola — protestò Giulio Moneta. Attraversò di corsa tutto il salone per andare a sedersi sulla Cattedra di San Pietro. Si accomodò e stese la mano con fare regale. Anche da lontano capivo che quell'idiota aveva provato e riprovato la scena della consegna del talismano almeno un milione di volte.

Lucilla guardò più intensamente Dimitri. Si avvicinò a lui e, a un millimetro da quella bocca vomitevole, mormorò: — Consegnerò il talismano solo a mio marito. Lui doveva essere il custode. Non io e certamente non tu, papà. Deciderà lui se dartelo oppure no.

Dimitri sorrise. — Mi sembra una buona idea.

Rivedo la scena come se stesse accadendo adesso, come se fosse al rallentatore. Ero davvero così sconvolto da non capire? Be', ero steso sul pavimento, scheggiato in più punti, prossimo a essere demolito a picconate, in procinto di vedere la mia adorata trasformarsi in zombi e Giulio Moneta, l'uomo più stupido del pianeta, diventare il più pericoloso.

Io so solo di aver visto Lucilla infilare velocissima la mano nello zaino ed estrarre un calzino. Lo stringeva forte nel pugno mentre sfoggiava il più incantevole dei sorrisi e diceva: — È il mio portafortuna. Adesso baciami, sposami.

E Dimitri lo fece. Una goccia di sangue cadde dalle labbra di Lucilla sul pavimento.

Ricordo la macchiolina rossa che si allargava sul marmo, mi sembrò enorme. Ricordo anche di aver urlato: — No! — ma di non aver sentito, perché la voce di Dimitri sovrastava la mia.

— Sei la mia regina! — urlava. — Presto sarai una morta che cammina!

— Voglio la mia Clavicola! — strillò Moneta dalla parte opposta della stanza.

Senza scomporsi, lei consegnò il calzino a Dimitri. Il talismano sgusciò fuori dalla stoffa e cadde a terra, mandando bagliori blu dappertutto. Forse sotto ipnosi Lucilla aveva menzionato un cavallino di vetro, perché dopo un attimo di esitazione la faccia di Moneta sbiancò. Il negromante saltò giù dallo scranno urlando, cercando di raggiungere l'oggetto di tutti i suoi desideri. Peccato che, come forse ho già detto, la sala in cui ci trovavamo era parecchio grande.

Nel frattempo Lucilla aveva raccolto la Clavicola ed estratto dalla tasca dei pantaloni una carta da gioco. — Te la ricordi? — chiese a Dimitri.

Disorientato, lui sollevò lo sguardo dal calzino che stringeva nel pugno alla donna di picche.

Lucilla mormorò: — Perdonami.

E poi la carta da gioco saettò e la testa di Dimitri rotolò a terra, tagliata di netto. L'avevo visto con i miei occhi, eppure non potevo credere che l'avesse fatto con una carta da scala quaranta.

Dagli zombi si levò un boato.

— Fermate mio padre — disse Lucilla. — È la vostra regina che ve lo ordina.

E quelli obbedirono.

Cribbio, adoravo quella ragazza!

Seduta di traverso sulla Cattedra di San Pietro, una gamba mollemente penzoloni dal bracciolo di pietra, Lucilla osservava la gargolla che osservava lei.
— La smetti di fissarmi? — sbottò.
— E tu smettila di far roteare quel calzino — ringhiò la bestia. — Dentro c'è la Clavicola di re Salomone.
La ragazza alzò gli occhi al cielo. — Oh, ma davvero?
La gargolla sbuffò, poi di colpo iniziò a grattarsi violentemente la fronte. — Sai che mi sembra di avere ancora il mio corno?
— Succede anche con gli arti amputati. — La ragazza sbadigliò e chiese a uno zombi di accostare le tende. Cercò di mettersi più comoda, ma lo scranno di pietra offriva pochi comfort.
— Allora, la finisci di giocherellare con quel calzino? — sibilò la gargolla. — Almeno dallo a uno di questi cadaveri ambulanti e fai riparare il buco.
— Quel buco ci ha salvato. Non so se voglio chiuderlo. Forse deciderò di mettere questo calzino bucato sotto vetro, come la reliquia di Sant'Ursula.
Il molosso di granito alzò gli occhi al cielo, sospirando. — Senti, ne ho abbastanza di dettagli disgustosi. Parliamo d'altro, ti va?
— Ok — concordò Lucilla. Poi chiese che le fossero portati dei cuscini, e mezza dozzina di morti viventi si affrettò a eseguire.
— Non ti abituare — la ammonì la gargolla. —

Queste creature hanno diritto al sonno eterno, non a essere utilizzati come servitù.

Il viso di Lucilla si contrasse in una smorfia. — Non potresti essermi riconoscente almeno per cinque minuti? Se io non avessi avuto l'idea di toccare la Clavicola attraverso il buco nel calzino, a quest'ora sarei una di loro. E tu...

— Io sarei da raccogliere con la paletta, lo so. Sei stata coraggiosa e *mostruosamente* intelligente. Dico solo: non ti ci abituare.

Lucilla si limitò ad annuire. Aveva gli occhi gonfi, di pianto e di sonno. Il corpo e la testa di Dimitri si erano sgretolati, diventando polvere. La ragazza l'aveva raccolta, aveva personalmente cercato un recipiente adatto e poi si era affacciata sul canale sottostante il ponte dei Sospiri per spargere nell'acqua i resti del ragazzo. In ultimo era volata giù anche la donna di picche, la carta da gioco più pericolosa del pianeta. Lucilla non aveva voluto nessuno con lei. E quando era tornata aveva la faccia che si ci potrebbe aspettare da una quarantenne.

Con un balzo, il mastino di granito si accovacciò ai suoi piedi. Dilatò a dismisura le narici e inspirò rumorosamente.

— Smettila — ordinò Lucilla sollevando i piedi. Sorrideva, però.

— Non puzzano ancora di cadavere — considerò la gargolla. — Immagino sia un buon segno.

La ragazza lo colpì con il calzino. Più per scherzo che per fare male. Il rumore che produsse, però, fu sufficiente a far voltare tutti gli zombi dalla sua parte. Se ne stavano in piedi, ordinati e immobili come soldatini. Parevano inoffensivi e stanchi. Soprattutto stanchi.

— Mmm... — mormorò la gargolla. — Non so proprio che cosa farmene di questi qua... Ripensavo al tizio che ha polverizzato i crociati al Lido. Loro sembravano ansiosi di gettarsi sulla sua spada. Non è strano?

Lucilla si strinse nelle spalle e mormorò: — Non lo so. Ci penseremo.

— Ok, riposa. Io vado a trovare tuo padre.

— Ci sei appena stato.

— Sempre meglio che restare qui a vedere se inizi a decomporti.

— Potrebbero volerci giorni — scherzò lei — ed è solo l'alba. Io ho bisogno di dormire un po'. Sai dove posso trovare un letto in questo posto?

— No. Io vado.

Spalancai le ali, ma le richiusi subito per paura di affettare qualche morto vivente. Di colpo li trovavo simpatici. Ci avevano messo meno di un secondo a obbedire a Lucilla. Quel verme di Dimitri l'aveva morsa? Era la loro regina? Lei l'aveva decapitato? Be', peggio per lui.

A quattro zampe, saltellando come un barboncino in amore, attraversai il ponte dei Sospiri diretto ai Piombi.

Le urla di Moneta, un misto di rabbia e disperazione, echeggiavano nell'aria fetida. Ottimo! Affacciai il muso alle sbarre di ferro e fischiettai un motivetto.

La testa del mago si voltò. Il viso era trasfigurato, una maschera di puro terrore. — Sei tu! — strillò. — Sei venuto a liberarmi! In ricordo dei vecchi tempi, quando eri il mio fedele socio! Mi limitai ad alzare un sopracciglio. Quello che ancora avevo, perché l'altro mi era stato asportato a martellate. — Ti pare? — sibilai. — Vederlo così, rannicchiato nell'acqua scura dove le groppe dei ratti formavano delle isolette di pelo, mi fece sospirare di piacere. — Credo che resterai qui un po' — cinguettai. — Almeno finché io e tua figlia non avremo sistemato le cose.

Moneta riabbassò la testa e rispose con un grugnito.

— Sai — continuai — fosse stato per me, ti avrei parcheggiato nelle sale di tortura con qualcuno degli zombi dalla mano pesante. Quelli che mi stavano demolendo a picconate, per esempio.

Altro grugnito.

— Tua figlia però me l'ha impedito. Bizzarro, non

trovi? Se mio padre mi avesse ipnotizzato per estorcermi delle informazioni, mi avesse dato in sposa a un mostro condannandomi a un destino peggiore della morte, io l'avrei fatto.

L'uomo batté un pugno in acqua urlando: — Meritava una lezione, mi aveva tradito! Come sua madre! — Poi abbassò la voce e aggiunse: — Come te, del resto.

— Tu meriti di essere tradito — replicai. — Ingannare quelli come te, fregarli e rinchiuderli affinché non possano più nuocere è un atto meritorio. Io vado particolarmente fiero di aver tradito tutti i maghi pericolosi e malvagi che ho conosciuto. Soprattutto te.

Vidi un luccichio folle in quegli occhi; forse lo era sempre stato, forse lo sarebbe diventato presto. Quello che disse, però, era saggio. — Credi di poter chiudere questa storia in un ripostiglio, buttare la chiave e dimenticare? Credi che non si verrà a sapere che Lucilla ha la Clavicola e che è viva solo grazie alla protezione del talismano? Che ha appena quindici anni e che la sua unica difesa è una ridicola gargolla?

Vero. Molto vero. Maledettamente, dannatamente, odiosamente vero.

La selezione dello zombi meno tonto occupò tutto il giorno successivo. Chiusi nel Palazzo dei Dogi, le finestre spalancate per far entrare un po' d'aria fresca, Lucilla e la gargolla li passarono in rassegna l'uno dopo l'altro.

— Cribbio! — esclamò la gargolla a un ragazzo di età indefinibile ma dall'aria più sveglia degli altri. — Dovevi solo dire: "Moneta oggi non riceve." Era così difficile?!

— Lascialo in pace. Ha imparato, no? — intervenne Lucilla.

La gargolla si voltò per rivolgerle un'occhiataccia. — Non intenerirti — sibilò spingendo il giovane zombi verso il portone. — È meno vivo di un pappagallo impagliato. Il fatto che sappia mettere in fila due frasi non significa niente, chiaro?

Lei si stropicciò gli occhi. I capelli arruffati le spiovevano sulle guance. — Non ho dormito abbastanza. Ho sognato di nuovo di essere una pantera o un leopardo, che ne so. Mi sveglio distrutta e...

La bestia di pietra le fu accanto in un baleno. Le afferrò le braccia sibilando: — Sì, sì... di quello parleremo un'altra volta. Sono venuto apposta.

Lucilla alzò gli occhi al cielo e scosse la testa. — Va bene, sei stanco anche tu. Riposiamo, d'accordo?

La gargolla, però, non era dell'avviso. La strattonò forte, sperando di ridestare la sua attenzione. —

Non sono stanco. Mentre tu dormivi, io ho pensato. Ho un piano.

— Favoloso! — esclamò Lucilla, poi si rivolse agli zombi dicendo: — Salutate il nostro amico, ragazzi. Ha un piano, quindi fra un po' lo vedremo volatilizzarsi con una scusa per i prossimi due anni.

La gargolla ignorò il sarcasmo e proseguì: — Senti, non possiamo restare nascosti qui in eterno. Un altro giorno, e la puzza ci si attaccherà addosso in modo irreversibile. E dobbiamo agire prima che lo faccia qualcun altro. Qualcuno desideroso di mettere le grinfie sulla Clavicola.

— Quindi?

Con un sospiro di sollievo perché la ragazza, se non altro, lo stava ascoltando, il molosso continuò: — Ho avuto un'idea. La Clavicola è stata donata a Salomone dall'angelo Raziel, ricordi?

— Mmm...

— Be', potremmo restituirgliela.

Lucilla spalancò gli occhi.

— Cosa?

— Fermati un attimo, ragiona — dissi cercando di bloccarle la via di fuga. Gli zombi diventavano nervosi quando *Astutilla* era nervosa, specialmente quelli che non avevano voluto mollare il martello. Mi piazzai di fronte a lei e la fissai dritto negli occhi. — Noi non ce la possiamo fare — dissi dopo aver preso un bel respiro. Mi scocciava ammetterlo, ma era la pura verità. — Nessuno può custodire per sempre quel talismano. Non c'è riuscito il più saggio dei figli d'Oriente, non c'è riuscito Nabucodonosor il Babilonese, i dogi non ce l'anno fatta e nemmeno il vecchio Leo Wehwalt. Non ce la faremo nemmeno noi.

— Noi?

Sospirai. — Sì, noi. Noi due, tu e io, la bella eroina e il mostro di pietra, la custode e il guardiano, l'eletta e il sigillo. Mettila come vuoi, ma non ce la faremo. Non è possibile, come non è possibile distruggerla. E prima te lo ficcherai in quell'amabile testolina, meglio sarà.

— Amabile testolina?

Mi scappò un ruggito, abbastanza potente da spettinarla. — Finiscila di ripetere tutto quello che dico e avverti quegli immondi resti dei tuoi sudditi che se si avvicinano ancora li trasformo in ragù!

— Non c'è bisogno di strillare.

Stavo perdendo la pazienza. Non ne potevo più di quel posto, volevo volare via. Mi sentivo nelle narici il puzzo di pattumiera bagnata, nelle orecchie le urla di Moneta, negli occhi la testa di Dimitri che rotolava e mi prudevano le zampe dalla voglia di abbracciare Lucilla. Sì, c'era bisogno di strillare.

— Sì, che c'è bisogno di strillare, perché tu non capisci! — gridai.

— Sono d'accordo.

— Visto? — berciai. — Non capisci la gravità della... cos'hai detto?

Lucilla distolse lo sguardo e lasciò che gli ultimi raggi di sole le scaldassero il viso. Feci in tempo a sentire i versi dei gabbiani e lo sciabordio delle onde sulla Riva degli Schiavoni. Feci anche in tempo a sentire un motoscafo che si avvicinava e la voce del non morto sentenziare: "Riceve oggi Moneta non."

Poi, con tutta l'esasperante calma del mondo, Lucilla ripeté: — Sono d'accordo con te, dobbiamo liberarci della Clavicola. La restituiremo prima che quel demone o qualcun altro ci trovi.

Mi lasciai cadere sulle ginocchia ringraziando l'Eterno.

— Cavolo — disse. — Non ti facevo capace di evocare un angelo.

Chi, io?

Vennero fatti molti tentativi per convincere almeno uno degli zombi a portare la cena a Moneta, ma senza risultato. Lucilla provò a fare un censimento, ma dopo un po' le venne da vomitare e stabilì che, verosimilmente, solo nella Sala del Maggior Consiglio se ne affollavano più di mille. Poi c'erano quelli sulle scale, negli androni, quelli rimasti in piazza a ciondolare fra i piccioni...

— Bleah! Guarda questa tappezzeria! Che schifo! — continuava a ripetere la gargolla puntando il dito ungulato contro ogni macchiolina.

— Quella è normalissima muffa. Probabilmente c'era da prima.

— Non puoi esserne sicura — sentenziò il mastino di granito. — E poi, la smetti di difenderli?

Lucilla lo ignorò per spiegare a quei disgraziati di non uscire, non affacciarsi e non dare fastidio. Poi si recò nei Piombi per portare qualcosa da mangiare al padre. Questo nonostante la gargolla avesse insistito fino allo sfinimento che sarebbe stato meglio lo facesse lui dal momento che i ratti erano davvero enormi e Giulio Moneta era uscito di testa. Non era un bello spettacolo, assicurò, ma lei volle andare lo stesso. Tornò pallida e con gli occhi rossi. Le tremavano le mani mentre appoggiava su un tavolo il quadro che aveva usato come vassoio. L'acqua e le patatine che era riuscita miracolosamente a recuperare non erano state nemmeno toccate.

— Quei begli occhioni ti cadranno a furia di piangere — brontolò il colosso. — La prossima volta che vuoi farti del male posso chiuderti un dito nella porta.

— Consoli così anche quell'altra tua amica?
— Chi?

Lucilla alzò gli occhi al cielo. — Quella tizia con cui sei stato.

— Due Case? — chiese la gargolla. — Ma sei impazzita? Sarebbe capace di staccare la testa a chiunque ci provasse.

Dando le spalle alla bestia di granito, la ragazza raccolse lo zaino da terra, si accertò che la Clavicola fosse al suo posto e se lo caricò sulla schiena commentando: — Oh, è una vera dura.

— Puoi dirlo! — scoppiò a ridere il colosso. — Pensa che una volt...

Ma non fece in tempo a finire la frase, perché Lucilla gli era saltata in groppa dicendo: — Possiamo andare? Non voglio passare un'altra notte qui con te.

Il mostro restò un momento a bocca aperta. Poi serrò la mascella di scatto producendo un rumore così forte che fuori dalla finestra si sentì un soldato mandare un'imprecazione.

— Bel colpo — sussurrò Lucilla. — Adesso mi dici come facciamo a uscire di qui?

— Prima dovremmo sapere dove andare, giusto?

— Mio padre non ha voluto dirmi dove teneva i suoi libri — sbuffò la ragazza. — E Leo ha regalato i suoi al mio amico antiquario.

La testa della gargolla ruotò come quella di un gufo. E l'espressione non era delle più affettuose mentre diceva: — Una ragazzina come te non dovrebbe avere amici della sua età?

— Una ragazzina come me ha gli amici che riesce a trovare dovendo passare tutto il tempo con un vecchio odioso a studiare pericolose formule magiche perché un potentissimo talismano non cada nelle mani sbagliate!

Lucilla aveva strillato così forte che la gargolla si era infilata la punta degli artigli nelle orecchie.

Fuori, una voce maschile urlò: — C'è qualcuno là dentro! Sì, sergente, ho sentito una voce! Nossignore, non posso esserne sicuro. Nossignore, non voglio entrare e controllare di persona.

La gargolla strinse gli occhi fino a renderli due lame di pura malevolenza. — Molto bene. Da adesso faremo a modo mio.

Se avessi saputo che quello sarebbe stato il mio ultimo volo, me lo sarei goduto di più. Invece sgattaiolai sul tetto e mi buttai in picchiata sbattendo le ali di malagrazia, desiderando solo di assicurare alla mia amazzone un'esperienza spiacevole. A posteriori, ripensando a quella notte, mi mangerei le mani. L'aria era umida e fresca per via dei temporali. Grazie a un vento pietoso dai davanzali si levava a tratti profumo di basilico e gelsomino. Era estate, l'estate che avrebbe cambiato per sempre la mia vita e io pensavo solo a far venire il mal di mare ad *Astutilla*.

Ero tornato fin lì per lei. Per lei avevo rischiato di farmi sbriciolare e lei mi metteva il muso? Solo perché avevo un'amica? Dall'altra parte del globo, per di più? Mi voleva patetico e solo, scodinzolante come un cagnolino? Be', poteva scordarselo! Per quel che m'importava poteva baciare anche Belzebù. Io avrei consegnato la Clavicola all'angelo e ripreso il volo verso altri e più divertenti lidi. Visto che era tanto furba, se la vedesse da sola con il demone, ammesso che il bel tipo con la spada lo fosse davvero. Che l'aiutasse lui con quella masnada di sudditi mollicci e cadenti.

A quello pensavo. Dal momento che tutti gli zombi erano accalcati nella zona di piazza San Marco, il resto della città era deserto. Il buio era così denso che sembrava di essere finiti nella macchina del tempo, catapultati all'epoca precedente l'invenzione della lampadina. Preoccupato solo di non farmi vedere, non vidi niente oltre me stesso. Non rallentai per ammirare il mare color dell'inchiostro, né il riflesso delle stelle nei canali. Mi persi il profilo della basilica di Santa Maria della Salute rischiarato dalla luna e il Casino degli Spiriti, dove adoravo sedermi a pensare. Mi persi San Lazzaro degli Armeni e il suo giardino pieno di rose, l'Arsenale e la sua collezione di leoni. Mi persi la vista della mia adorata città dall'alto, le sue migliaia di comignoli, fregi, patere e guglie. Il suo corpo sinuoso da sirena addormentata.

— Così mi fai male — disse a un tratto Lucilla.

Sentii il suo respiro sul collo. Era piacevole, e per un attimo fui quasi tentato di perdonarla. Poi l'orgoglio ebbe il sopravvento e replicai: — Vuoi sfracellarti? Ok, ti lascio subito le caviglie.

Lei sospirò: — Non intendevo quello.

Io ringhiai: — Siamo arrivati.

La gargolla fece un giro della morte e sfondò una finestra. Atterrò sopra un mare di vetri rotti, su un pavimento che conosceva molto bene. Il rumore dei rostri sulle piastrelle faceva accapponare la pelle.

— Perché siamo qui? — domandò Lucilla quando ebbe riaperto gli occhi. — Perché mi hai riportato a casa?

— Ce l'hai un computer? — chiese la bestia spolverandosi le spalle dai cocci.
— Certo che ce l'ho. Tutti ce l'hanno.
— Anche Internet?
— Sì. Per le ricerche di scuola.
— Molto bene. Accendilo. Accendilo ho detto! — strillò la gargolla dato che la ragazza, nel frattempo, si era diretta in cucina. La trovò che ripuliva il vaso del pesce rosso.
— Povero Gustavo — sussurrò Lucilla. — Nessuno si prende cura di te.
Vedere la ragazza accudire con tanta premura un vecchio pesce faceva tenerezza. La gargolla all'improvviso si ricordò di una cosa importante che avrebbe dovuto chiederle fin dal principio. — Come sta tua madre?
Lucilla impallidì e appoggiò una mano sul tavolo, quasi temesse di cadere. Poi disse solo: — È morta.
— Mi dispiace.
Seguì una lunga pausa. Fuori, da qualche parte, frinivano i grilli. La gargolla andò nell'altra stanza e ci restò un po' più a lungo del previsto. Quando tornò sui suoi passi, Lucilla aveva aperto la finestra e guardava la città, i gomiti appoggiati al davanzale.
— Dovremmo cominciare — mormorò la gargolla.
— Posso chiederti io una cosa?

— Spara.

— Ti ricordi quando mi sono buttata dalla finestra e tu mi hai ripreso al volo?

La gargolla sorrise. — Certo.

Lucilla si voltò, fissando il muso della bestia in un modo che lui non riuscì a interpretare. — Lo rifaresti?

L'espressione del colosso ridiventò feroce mentre voltava la schiena e si allontanava mulinando la lunga coda. — Vuoi sapere se sono sempre il tuo cavalier servente? La risposta è no. Adesso vai ad accendere il computer e vediamo di liberarci di quel talismano della malora.

— E di me — sussurrò Lucilla.

Ci si poteva credere? *Astutilla* era probabilmente l'unica quindicenne il cui computer andava a carbone. Lento, pesante, praticamente un fossile. — Avrà l'età di Matusalemme! — urlai. — Potremmo datarlo con il carbonio 14! Per ottenere le informazioni che ci servono non basterà tutta la notte!

Lei scattò come un crotalo. — Oh, finalmente ci sei arrivato! Solo un cervello di pietra poteva pensare di trovare su Internet le istruzioni per evocare un angelo!

Persi la pazienza e diedi una cornata al muro. — Tu-non-sai-farlo! Io-non-so-farlo! — sillabai dando una testata per parola. — Come-pensavi-di-farlo?
— Avremmo dovuto cercare un libro di angelologia — sentenziò Lucilla.
Disincagliai il mio corno residuo dallo stipite per rivolgerle un'occhiata assassina. — E dove?
— In Sinagoga, per esempio.
— Uh, tu leggi l'ebraico?
Sbuffando scosse la testa, brontolò qualcosa e si rimise a smanettare sulla tastiera. Io, per rilassarmi, continuai a prendere a testate il muro finché non sentii le parole magiche.
— Qui c'è qualcosa! Si parla di cerchi, candele... che strano... — fece la ragazza. — Sembra la stessa sequenza di quando si evoca un demone.
Balzai alla stampante per recuperare i fogli. — Be', in fondo sono la stessa roba, giusto? Qualcuno è caduto giù, gli altri ci osservano da lassù... — sibilai mentre leggevo la lista delle cose da fare. — Bene, da Leo dovresti trovare tutto quello che ci serve. Vai e torna.
— Non è necessario.
Abbandonò il computer per inginocchiarsi sul pavimento. Sotto il letto, in una scatola da scarpe la ragazza custodiva un pastello, delle candele e dell'incenso.
— Ottimo, procediamo.
— Qui dice che dovremmo officiare il rito per tre

sere di seguito a un'ora precisa e che ogni angelo governa solo venti minuti nell'arco delle ventiquattrore. Se non conosciamo i giorni e l'ora giust...

La interruppi agitando la zampa come quando si manda via un moscone. Non volevo sentire obiezioni. — Be', iniziamo stanotte e semmai lo rifaremo. Adesso smettila di scocciare e traccia il cerchio. Quello almeno lo sai fare? Che cos'hai combinato per due anni con il povero Leo? Oltre a dargli il tormento, intendo.

Oh! Quello l'aveva fatta arrabbiare di brutto! Non mi rivolse più la parola per tutto il tempo in cui disegnammo il cerchio, accendemmo le candele e bruciammo l'incenso. Poi litigammo per decidere se le finestre andassero aperte o chiuse, se avessimo dovuto aspettare l'ora giusta e se potessimo fidarci delle informazioni trovate su Internet. Dopo due ore estenuanti, quando ormai avremmo ceduto entrambi su tutti i fronti, scoprimmo che si era fatta l'ora giusta per evocare Raziel. Entrambi l'interpretammo come un segno. Terminammo in fretta gli ultimi preparativi e ci sistemammo nel cerchio. La pupa tremava come una foglia e anch'io, lo ammetto, mi sentivo un po' in ansia. E se avessimo sbagliato tutto? Se avesse avuto ragione lei? Se la procedura per evocare un demone fosse stata davvero uguale e fosse bastato pronunciare una parola in più o in meno per spalancare le porte dell'Inferno?

Poi Lucilla sussurrò: — Non so se voglio proprio restituirla — e tutti i miei dubbi svanirono. Stringeva forte il calzino contenente la Clavicola, la fronte sudata e gli occhi cerchiati. Ahi, sembrava in procinto di fare marcia indietro.

— Se non restituisci la Clavicola ora, in questo preciso momento, non mi vedrai mai più.

Non so come mi venne quella frase, ma funzionò, perché Lucilla abbassò il mento e farfugliò qualcosa che poteva suonare come "d'accordo", più un'offesa rivolta alla mia persona che non ripeterò mai per nessun motivo.

Ricominciammo daccapo. Siccome aveva vinto la mozione "finestre chiuse", faceva un caldo da scoppiare. E il fumo delle candele misto a quello dell'incenso facevano della camera di Lucilla una specie di capanna essudatoria. La mia amica sciamana sarebbe stata fiera di me. Avevo le traveggole, udivo le voci (fra cui anche la sua) e mi sentivo mancare. Ecco perché se Lucilla non avesse gridato a pieni polmoni, io nemmeno mi sarei accorto della comparsa dello spilungone. Ma, come stavo dicendo, urlò.

— Ci ha trovato! È il demone di Leo!

D'istinto spalancai le ali per proteggerla. — Dov'è? Chi è? — sibilai.

— Maruth — rispose la ragazza, gli occhi dilatati dal terrore.

Corrugai così in fretta la fronte che mi fece male il corno. — Non sembra il nome di un demone... — commentai.

Il giovane scoppiò a ridere. — Io un demone? — disse con una voce così chiara e potente da diradare il fumo. — Ma mi avete guardato bene?

D'accordo, era presuntuosetto, ma bisognava ammettere che la sua bellezza sfidava ogni limite. E irradiava luce come la vetrata di una cattedrale. Dalle sue spalle si diffondevano raggi colorati che parevano ali e tutto di lui diceva "sono potente come una testata nucleare e forse anche di più. Non contraddietemi".

— Cribbio! — esultai, perché all'improvviso tutto mi era diventato chiaro. — Ce l'abbiamo fatta! Abbiamo evocato un angelo!

— Cosa? — strillò Lucilla.

— No — disse calmo lui.

— Come, no? Tu non sei l'angelo Raziel?

— No.

— E allora chi sei? — chiese la mia ostinata e ottusa fanciulla.

— Io sono l'angelo Maruth. E non mi avete evocato. Sono qui da un pezzo, come direste voi umani.

— Dacci una prova — disse Lucilla.
La stanza parve rimpicciolire. Sembrò che l'angelo riempisse ogni spazio vuoto con la sua presenza. L'energia che sprigionava pareva in grado di far levitare le cose, annullare i dubbi, elevare le persone. La gargolla sentì le ginocchia molli e ogni molecola del suo essere fremere. Poi, all'improvviso, quella sensazione di pura gioia si dissolse e l'angelo tornò a somigliare a un bellissimo ragazzo, molto alto e biondo.
— Io non devo provare niente — disse. — In me bisognerebbe credere.
Guardò Lucilla, la quale però non cambiò espressione. Stringeva così forte il calzino, che le nocche le erano diventate bianche.
— Volevi dirmi qualcosa? — chiese Maruth.
Lei riuscì a mantenere lo sguardo e la voce fermi mentre rispondeva: — Scusa, non ti ho creduto.
L'angelo sorrise e fu la cosa più bella che la ragazza e la gargolla avessero mai visto e che qualcuno su questa Terra mai vedrà. — Non è la prima volta che qualcuno di voi umani dubita. È successo di peggio.
Lucilla uscì dal cerchio e si lasciò cadere sul letto. — Ti ho visto così simile a me e ho pensato... ho creduto...
— Ti sei sbagliata anche sul tuo conto — spiegò Maruth.

Lucilla sollevò il volto. — Io ho ucciso.

— Se permettiamo che un bimbo maneggi un'arma, chi dovremo rimproverare? Hai pagato abbastanza.

— L'ho ucciso di nuovo.

— L'hai fatto per salvare un amico, per amore. Io credo che sarai perdonata.

La gargolla spalancò gli occhi. Le parole dell'angelo si erano fatte strada nel suo cervello con la rapidità e la chiarezza di un fulmine.

Come aveva fatto a non capire?

L'urlo che Lucilla aveva lanciato quando l'aveva rivisto, i suoi sbalzi d'umore, la gelosia per Due Case. Ma certo, certo! Lei lo amava. Lo amava! Aveva preso il posto di Dimitri nel suo cuore da chissà quanto tempo.

Dio, aveva rischiato di rovinare tutto.

Perché era inconcepibile, perché era troppo bello per essere vero, perché lui era una stupida testa di pietra. Una stupida, cieca, ottusa testa di pietra.

Lucilla arrossì fino alla radice dei capelli poi, chiaramente per cambiare discorso, farfugliò: — Insomma, Leo è riuscito a evocarti? Cavolo...

Avrebbe riconsiderato tutto quello che aveva pensato del vecchio, ne era più che sicura. Ma non in quel momento. Quel momento voleva goders11o goccia a goccia.

Maruth alzò le spalle. — Non esattamente. Evocare un angelo, così come evocare un demone, non è affatto semplice. Diciamo che decide di scendere, sorvolando su alcune imprecisioni. È quello che fanno i demoni, d'altra parte. Vengono quando qualcuno li chiama perché vogliono farlo.

— Quindi tu sei voluto venire da Leo — intervenne la gargolla.

L'angelo lo guardò e il mostro di pietra si sentì la creatura più bella del pianeta. — Sì, mi ha chiamato e io sono accorso. Noi accorriamo sempre.

Il molosso aggrottò la fronte. — Quindi non c'è bisogno di candele, cerchi e incenso. Basta chiamare, e voi venite.

L'angelo si limitò ad annuire.

— Non sapevo che fossimo in contatto con voi — disse Lucilla.

— Oh, sempre — dichiarò l'angelo. — Solo che voi umani ve ne dimenticate spesso. Sempre, a meno che non siate in punto di morte o che qualcuno a voi caro lo sia o...

— Ehi! — esclamò Lucilla saltando giù dal letto. — Noi facciamo del nostro meglio! Cosa credi!

L'angelo e la gargolla si scambiarono un'occhiata.

— Diglielo anche tu — insistette Lucilla, ma il colosso di pietra aveva preso a controllarsi gli artigli e tossicchiava imbarazzato. — Oh, be', allora non c'è bisogno che ti trattenga — farfugliò la ragazza all'angelo. — Leo ti aveva chiamato per restituirti questo maledetto affare. Tieni.

Lucilla non l'aveva previsto e forse nemmeno Maruth se lo aspettava, ma la gargolla fece un balzo e afferrò il calzino. Troppo stupita per aprire bocca, la ragazza restò con l'aria imbambolata a fissare la zampa di granito che stringeva il suo prezioso talismano.

— C'è qualcosa da aggiungere? — chiese l'angelo senza scomporsi.

— Sì, eri tu al Lido?

Maruth fu così veloce che quasi non si percepì il gesto. Il braccio si sollevò producendo un'onda vermiglia e un attimo dopo brandiva la spada.

— Ero io.

— Puoi occuparti degli altri zombi? — chiese Lucilla.

— Verranno via con me e verranno perché vorranno farlo — disse. Poi indicò la finestra con la punta della lama.

Lucilla e la gargolla aprirono le imposte e si affacciarono. Una lunghissima fila di zombi aspettava immobile dall'altra parte del canale. Tutti guardavano in su, verso Maruth. E quei volti macilenti erano pieni di aspettativa, di speranza.

Lucilla sospirò e finalmente sorrise. Quindi si voltò verso il colosso di pietra. — Credo che adesso potremmo dargli la Clavicola.

La gargolla restò a guardare la ragazza per un momento. E in quel momento pensò che la cosa più bella che avesse mai visto non era il sorriso dell'angelo. Si era sbagliato. Così, senza riflettere troppo, estrasse il cavallino e lo strinse.

— Che fai? — esclamò Lucilla.

L'angelo guardò la gargolla e sollevò la spada.

— No! — gridò Lucilla, cercando inutilmente di mettersi fra la pietra e la lama. — Non so cosa gli sia preso, ora gli parlo io. Non toccarlo. Non azzardarti a toccarlo!

L'angelo ignorò la ragazza, tenuta a distanza da una zampa di granito, e fissò la gargolla negli occhi. — Perché? Sai che è sbagliato — disse Maruth.

— Morirai.

— Non importa. Voglio farla finita qui.

L'angelo mosse la spada. Sembrava esasperato.

— Lo farò — continuò la gargolla — che tu sia d'accordo o no. L'unico modo che hai per fermarmi è vaporizzarmi come uno zombi.

L'angelo scosse la testa e abbassò l'arma. — Non posso intervenire nelle vostre decisioni. Dopo avrò la Clavicola?

Il colosso annuì. Lucilla era fuori di sé. Si buttò ai piedi dell'angelo piangendo, supplicando. Balbettava delle preghiere che conosceva da bambina, ma che da molto tempo non recitava più. L'angelo non posò lo sguardo su di lei, ma la gargolla sì, invece, e sorrise. Poi respirò a fondo e chiese alla Clavicola ciò che desiderava più di ogni altra cosa al mondo.

— Oh, cavolo...
Era Lucilla. Ok. A giudicare dal tono non ero un adone. Non ero nemmeno carino, probabilmente. Però avevo tutti i pezzi al posto giusto. Braccia, gambe, una testa fra due orecchie... Mi specchiai nel vetro della finestra. Forse avevo esagerato un po' con le dimensioni, pazienza. A rugby avrei avuto successo come pilone. Sorrisi al mio riflesso. La mia faccia mi piaceva. Mi piaceva anche la cicatrice che attraversava la guancia, ricordo di Due Case. Quanti anni avrò avuto? Sedici? Diciassette?

— Adesso vorrei la cosa per la quale sono venuto.
Era Maruth. Lo guardai. Era serio come le statue dei santi, ma io gli sorrisi lo stesso. — È tutta tua — dissi porgendogli la Clavicola. — Non voglio rivederla mai più.

L'angelo raccolse il cavallino di vetro, lo guardò a lungo, poi rivolse l'attenzione a me. — Non sei male.

— Spero solo di non aver dimenticato qualche organo vitale.

— Non ti preoccupare — disse Maruth. — Ho sistemato tutto io. Hai già pensato a un nome?
Feci di no con la testa.
— Che ne dici di Hanuel? Significa "Dio infinitamente buono".
— Mi sembra giusto.
L'angelo inclinò un po' il viso. Si guardò in giro, quasi volesse imprimersi tutto nella memoria. Era commovente, era così... umano. Poi annunciò:
— Adesso devo andare.
— Grazie.
— Addio. È stato un piacere conoscervi. — E sparì, lasciando dietro di sé un alone dorato.
Mi affacciai alla finestra. Mi sembrò di vederlo al di là del canale, la spada sguainata e una folla di zombi che sgomitava per raggiungere il filo della sua lama. Un lampo azzurro, ed era tutto finito.
— Non hai un paio di mutande?
Era di nuovo Lucilla. Abbassai gli occhi. Oh, guarda lì! Me ne rendevo conto solo in quel momento: ero nudo come un verme. Mi sentii avvampare, sensazione davvero sconcertante.
— Allora, ce l'hai o no?
Scossi la testa pregando che la terra si aprisse sotto le mie zampe. Piedi. Quel che è, ma mi facesse sparire.
— Va bene — disse lei. — Ho un'idea.
E prima che potessi fiatare, una maglietta era finita sul pavimento.

Si svegliò molto presto, ma non si mosse per non disturbare la ragazza che dormiva fra le sue braccia.

La luce del primo mattino inondava la stanza. Lui conosceva tutto, ma lo vedeva con occhi nuovi. Si sentiva strano. Non infelice, quello no, ma un'inquietudine gli pesava sul torace. Una sensazione indefinibile che non trovava le parole per esprimersi. Un piccione andò a posarsi sul cornicione. Sbatté le ali. Il ragazzo si sentì diventare tutto freddo e una morsa gli strinse la gola. Il cielo era così blu. Così grande. Gli venne voglia di alzarsi e volare via, ma non poteva più farlo.

La ragazza scelse proprio quel momento per svegliarsi. — Ciao — mormorò, la voce sonnolenta. Liberò una mano dal groviglio delle lenzuola e si stropicciò gli occhi.

Erano così verdi e il ragazzo capì di colpo che, anche se avesse vissuto un milione di anni, mai si sarebbe pentito della sua scelta. Le sorrise. — Mi chiamo Hanuel, semmai volessi saperlo.

Lucilla ridacchiò, afferrò il cuscino e glielo tirò in testa. — Per me sarai sempre Ploc.

— Ok, ma non in pubblico. Mangiamo?

— Mangiare? Ma co... Oh! Già, non l'hai mai fatto! — Saltò fuori dal letto. Per un po' si sentì un fracasso di stoviglie e di piatti. Varie proteste, un paio di accidenti. Poi Lucilla si affacciò alla porta della camera e annunciò che sarebbe andata a procurare la colazione.

Mentre l'aspettava, Hanuel si scoprì a preoccuparsi per lei, a temere che potesse succederle qualcosa di brutto, di irreparabile, di mortale! Santo cielo, erano mortali!

Quando finalmente lei rientrò, lui era nel pieno di una crisi di nervi e Lucilla ci mise un bel po' a convincerlo che lei era mortale da sempre e di non tormentarsi: dopo un po' smettevi di pensarci e vivevi come se non lo fossi. Hanuel non sembrò molto sollevato, ma quando vide la tavola imbandita effettivamente non pensò più alla morte. Si limitò a dirle che comunque valeva la pena morire per alcune cose fra le quali lei, lei, lei e ancora lei.

— Dobbiamo assolutamente uscire — diceva Lucilla fra un boccone e l'altro e fra una risata e l'altra perché il ragazzo pareva avere poca dimestichezza con le bevande bollenti.

— La città è in festa, hanno riaperto i negozi, la gente è tornata e sembra Carnevale. Ci si abbraccia per le strade e... che c'è?

Hanuel esitò, poi rispose: — Presto troveranno tuo padre nei Piombi. Salterà fuori che ha una figlia. Faranno domande.

Lucilla si strinse nelle spalle. — E allora? Mi inventerò qualcosa.

— Sei minorenne.

Lei aggrottò la fronte. — Mi stai mandando di traverso la colazione.

— Io non risulterei in nessuna anagrafe — insistette Hanuel. E poi, dopo una pausa: — Devo sparire per un po'.

Lucilla si voltò verso la finestra per non guardarlo in faccia mentre chiedeva: — E dove pensavi di andare?

Lui glielo disse. Le disse anche che cosa significassero i suoi sogni e le raccontò di Due Case, la sciamana. Poi incrociò le dita sotto il tavolo e pronunciò uno scongiuro aspettando che lei rispondesse qualcosa.

Incredibile ma vero, la faccenda fu meno complicata del previsto. C'era lo zampino di Maruth? No, aveva pensato a tutto il vecchio Wehwalt, che riposi in pace. Aveva scritto un testamento e l'aveva fatto notificare. Aveva regalato a Lucilla i suoi appartamenti e dato disposizione perché le spese condominiali venissero addebitate su un conto corrente intestato a lei. E le aveva lasciato fino all'ultimo centesimo, per cui quelle case sarebbero state sue per sempre senza che lei dovesse mai occuparsene. Una copia delle chiavi le era stata spedita con largo anticipo e, quando la trovò nella cassetta della posta, Lucilla fu felicissima di poter entrare nell'appartamento al pianoterra senza nemmeno graffiare la serratura. Si arrabbiò moltissimo per la finestra rotta, poi si scusò tantissimo quando scoprì che il colpevole ero io e poi sospirò fortissimo quando vide sulla caminiera la foto di Leo e di sua sorella Ruth al Lido, da giovani. Accanto era posata una busta con il suo nome scritto sopra nella calligrafia precisa e pulita di Leo.

Il biglietto diceva solo: "Io proverei calle dei Marrani. Buona fortuna, Leo Wehwalt."

— Vecchia canaglia! — esclamò Lucilla ma io, anche senza guardarla, sapevo che aveva gli occhi lucidi.

— Sarebbe una bella idea filarcela da una delle uscite magiche — dissi — ma senza pronunciare i nomi dei sette demoni davanti alle sette porte non abbiamo speranza. Il primo si chiama Sam Ha, credo e poi... E poi? Non me li ricordo tutti, maledizione!

Lucilla si voltò, il volto luminoso come una lampadina. — Io li conosco: Sam Ha, Mawet, Ashmodai, Shibbetta, Ruah, Kardeyakos, Na'Amah. Me li insegnò prima di morire.

Be', che dire? Grazie Leo.

Come tutti sanno, esistono a Venezia tre luoghi magici. Eppure, sebbene tutti sappiano dove si trovano, pochissimi riescono a usarli. I veneziani ci vanno quando desiderano cambiare vita o storia. Uno è in calle dell'Amor degli Amici, un altro è accanto al ponte delle Maravegie e un terzo in calle dei Marrani.

Fu in quest'ultimo che si recarono i due ragazzi dopo una cena a base di carciofi fritti, il piatto preferito di Lucilla, e tutto il resto del menu per Hanuel visto che ancora non sapeva quale fosse il suo piatto preferito.

— Adesso non cominciare a lamentarti anche del mal di stomaco — scherzò lei. — Oh, finalmente una buca delle lettere!

— Alleluia! Possiamo spedire la cartolina a Ginevra! — esclamò il ragazzo, che non la finiva più di lamentarsi del mal di piedi e dei vestiti che, a sentire lui, stringevano da morire. — Cominciavo a temere che l'avremmo recapitata a mano. Anzi, a piedi. Il tuo Lucertola sarà contento di sapere che sei scampata all'epidemia di zombi.

— Credo di sì — replicò Lucilla. — Ricordati che hai promesso: dopo la tua amica sciamana, andremo a trovare il mio amico antiquario.

Prese dalle mani di Hanuel il vaso che ospitava Gustavo e la foto dei giovani fratelli Wehwalt.

— Sei sicura?

— Certo — rispose Lucilla. — Non vedevo l'ora di andarmene un po' in Siberia.

Hanuel si chinò per baciarla, poi disse: — Allora è arrivato il momento.